Dea Loher

# Klaras Verhältnisse
# Anna und Martha

W0238782

Verlag der Autoren

**Bibliografische Information Der Deutschen Bibliothek**
Die Deutsche Bibliothek verzeichnet diese Publikation in der Deutschen Nationalbibliografie; detaillierte bibliografische Daten sind im Internet über http://dnb.ddb.de abrufbar.



Verlag der Autoren GmbH & Co KG
Schleusenstraße 15. 60327 Frankfurt am Main
Telefon 069/238574-0. Fax 069/24277644
E-Mail: theater@verlag-der-autoren.de. www.verlagderautoren.de

Umschlaggestaltung: Bayerl & Ost, Frankfurt am Main
Satz: RG-Datenservice, Darmstadt
Druck: betz-druck GmbH, Darmstadt

Printed in Germany
ISBN 978-3-88661-328-1

Inhalt

# Klaras Verhältnisse

PERSONEN

KLARA, Anfang Dreißig
IRENE, ihre Schwester, Mitte bis Ende Dreißig
GOTTFRIED, deren Mann, Anfang Vierzig
GEORG, Anfang Vierzig
TOMAS, Mitte Zwanzig
ELISABETH, Mitte bis Ende Fünfzig
EIN NAMENLOSER CHINESE unbestimmten Alters

Und: Ein Fremder.

Das Stück spielt in der Stadt.

# 1

STIMME AUS DEM OFF

Lesen Sie.
Lesen Sie laut.

Sehr geehrter Kunde.
Mit dem Leichtbügeleisen der Firma *Gut Gewählt* werden Sie sich und Ihre Wäsche glücklich bügeln. Wie das Bügeleisen zu handhaben ist, lassen Sie sich am einfachsten in einem unserer *Gut Gewählt*-Fachgeschäfte zeigen oder von einem zufriedenen Kunden in Ihrem *Gut Gewählt*-Freundeskreis. Und nun noch ein paar Tips. Bettwäsche sollten Sie nicht selber bügeln. Geben Sie sie in die Mangelei. Auch Jeans und T-Shirts sowie leichte Sommerbekleidung sollten Sie nicht bügeln, es sei denn, Sie wollen als perfektionistischer Exzentriker gelten. Kaufen Sie überhaupt so viel bügelfreie Wäsche wie möglich. So vermeiden Sie chronischen Muskelkater und Sehnenscheidenentzündungen, die durch stundenlanges eintöniges Hinundherbewegen der Hand und des Armes hervorgerufen werden können ebenso wie Krampfadern durch bewegungsloses Dauerstehen am Bügelbrett. Dadurch werden sich nicht nur Ihr Aussehen, sondern auch Ihr Eheklima bedeutend verbessern. Sie sollten überhaupt nicht mehr bügeln. Bügeln ist zeitraubend, nervtötend und ziemlich vergeblich, wie im übrigen jede Form der Hausarbeit. Verzichten Sie deshalb ganz auf Ihr Bügeleisen. Bringen Sie es zum Altwarenhändler, ein paar Mark fünfzig springen dabei noch raus, oder, sollte es neu erstanden worden sein, unter dem Vorwand einer Reklamation in Ihr *Gut Gewählt*-Fachgeschäft, und lassen Sie sich den Kaufpreis zurückerstatten.

## 2

*Bei Klaras Schwester. Später Abend.*

KLARA Ja also wie gesagt.
Sie haben mich entlassen.
Das ist jetzt keine Veranlassung
zu so einem unangenehmen
familiären Vernichtungsschweigen.
*Pause.*
Das kann ja mal passieren.
Ein oder zweimal im Leben
kann das schon passieren.
Mindestens womöglich
muss man damit rechnen
heutzutage.
Und da hab ich mir gedacht, Gottfried,
deswegen wollte ich dich bitten –
Kannst du mir bei deiner Bank
einen Kredit verschaffen.
IRENE Eine Unverfrorenheit.
Also so eine Unverfrorenheit,
lässt sich fast zwei Jahre nicht blicken,
man vermutet weiß Gott was,
und marschiert dann hier rein,
weil sie Geld von uns will.
KLARA Von dir würde ich geschenkt
keine fünf Mark nehmen,
und wenn du mich darum bittest,
aber die Bank kann ein Geschäft machen.
GOTTFRIED Mit dir.
KLARA Tomas und ich werden heiraten.
Er kann für mich bürgen.
IRENE Aber doch nicht ohne Grund.

Ohne Grund gibt es nicht.
Ohne Grund haben die dich nicht entlassen.
Was
ist wieder vorgefallen,
Klara.

KLARA Doch. Ganz ohne Grund. Ich schwöre.

TOMAS Da hat sich zum Beispiel ein Kunde
aufgrund des Studiums von Klaras Gebrauchsanweisung
mit dem Oberkörper
in der Trommel seiner Waschmaschine verfangen,
so dass während des einsetzenden Schleudervorgangs
sein Kopf durch fortgesetzten rhythmischen Kontakt
mit der Innenseite dieses Trommelstahlkörpers
erheblich beschädigt wurde,
und ihm Blutergüsse, Platzwunden und ein
gerissenes Trommelfell blieben.
Er hat die Firma verklagt
und seitdem einen Tinnitus im Ohr.

KLARA Ist Tomas nervös, lügt er chronisch.
Durch meine Gebrauchsanweisungen ist nie
jemand zu Schaden gekommen.

TOMAS Und für die Zukunft
hat das dein Arbeitgeber
glücklicherweise verhindert.

KLARA Was ist denn los mit dir.

GOTTFRIED Ich würde sagen,
es gibt Schlimmeres,
weitaus Schlimmeres
als eine saubere gutbezahlte Tätigkeit,
die ja nicht ohne Anspruch ist,
letztlich.

KLARA Bedienungsvorschriften für Wäschetrockner,
nicht gerade eine Befriedigung,
geschweige denn ein Höhepunkt.

IRENE Kannst du dir das leisten,
wählerisch sein.
KLARA Nein.
GOTTFRIED Ich würde so weit gehen zu sagen,
dass in den deutschen Haushalten
landauf landab latente Gefahrenquellen lauern,
scharfgemachte Bomben sozusagen,
durch fehlende oder fehlerhafte Gebrauchsanweisungen.
Daher ja auch die häufigen Haushaltsunfälle.
Durchbrennende Toaster,
lässig vor sich hin schmorende Bügeleisenkabel;
unbeaufsichtigte Schnellkochtöpfe explodieren
und verwüsten ganze Kücheneinrichtungen,
und die Bewohner mit dazu.
Gasherde immer wieder Gasherde,
ein einziger winziger Gasherd
ohne Bedienungsanleitung
sprengt komplette Familien in die Luft,
Häuser Wohnblöcke Straßenzüge Stadtviertel
stehen lichterloh in Flammen,
ein Inferno ohne Pflegeanleitung.
Ich muss schon sagen,
du hast einen Beruf
mit Verantwortung
aufgegeben,
das gefällt mir
gar nicht.
IRENE Und wer schreibt jetzt
die Gebrauchsanweisungen,
ein Saboteur womöglich.
KLARA Auf jeden Fall
nicht ich.
IRENE Das ist Vernachlässigung der Aufsichtspflicht
gegenüber den Haushaltsgegenständen.

TOMAS So
hab ich das noch gar nie
betrachtet.
IRENE Und wem so eine Perspektive nicht genügt,
der hätte seine Ausbildung eben nicht
abbrechen dürfen.
KLARA *zu Tomas* Meine Schwester ist nämlich
MTA mit Auszeichnung.
Das hat sie schriftlich.
Aber dann musste sie heiraten
und das Kind zum Beruf machen.
*Zu Irene.* Erfüllt dich das nicht,
dass du deinem Gör eigenhändig
die Spritzen setzen kannst,
wenn nötig.
GOTTFRIED Kaum kommst du,
gibt es Streit.
*Er geht zum Fenster.*
Jetzt sind sie schon wieder da.
*Er sieht auf die Uhr.*
Das ist viel mehr ein Grund zur Aufregung.
Fixen die vor unserem Haus.
Ist Carola oben.
IRENE Ja.
GOTTFRIED Wenn sie jetzt
aus dem Fenster sieht.
Die soll jetzt bloß nicht
aus dem Fenster sehen.
IRENE Sie schläft.
GOTTFRIED Woher weißt du.
Geh doch mal nachsehen.
IRENE Jetzt nicht.
KLARA Ich gehe.
Zwei Jahre hab ich sie nicht gesehen.

IRENE Jetzt nicht.
Du wirst sie wecken. Und dann erschrickt sie.
Sie erkennt dich doch nicht mehr.
KLARA Hab ich mich so verändert.
IRENE Du gehst nicht hinauf.
GOTTFRIED *zu Klara* Sie ist genauso stur wie du.
*Pause.*
Na ja.
Das ist alles nicht so einfach.
KLARA Wieso nicht. Wieso ist es nicht einfach.
GOTTFRIED Zum Beispiel,
du hast keine Sicherheiten.
KLARA Doch.
Tomas ist meine Sicherheit.
GOTTFRIED Das wird für die Bank kaum
ins Gewicht fallen.
Was machen Sie denn so
beruflich.
TOMAS Och, mal dies mal das.
KLARA Tomas –
TOMAS Ich hab Metzger gelernt.

*Schweigen.*

TOMAS Metzger, Fleischhauer,
Viecher zerlegen,
tschopptschopptschopp.
IRENE Ja.
Das haben wir verstanden.
KLARA Tomas macht nur Spaß.
Er ist –
TOMAS Metzger.
Ich habe Metzger gelernt,
nein nein,
ich mache keinen Spaß,

im Gegensatz zu Klara
nehme ich meine Berufe sehr ernst.
Eben noch im Schlachthof unter der Stromkeule gezuckt,
schon unter meinen Händen in kleine feine Filets zerhackt,
oder durch den Fleischwolf propellert,
Hausfrauenfutter,
ungarische Salami
zum Beispiel.

GOTTFRIED *geht wieder zum Fenster*
Man mag gar nicht hinsehen,
die kennen keine Scham.
So weit ist es schon,
rollt seinen Ärmel hinauf und bindet ihn ab,
und jeder kann zusehen.
O Gott mir wird übel.

IRENE Dann geh doch hinaus.
Geh doch mal hinaus
und red mit ihnen.

GOTTFRIED Was soll ich denn sagen.

IRENE Muss das denn
in aller Öffentlichkeit sein.

GOTTFRIED *setzt sich wieder*
Also Klara,
ich verstehe das nicht,
wenn einer seine Arbeit verliert,
denkt er doch nicht als erstes daran,
einen Kredit aufzunehmen,
den er ja gar nicht abzahlen kann,
der erste Gedanke muss doch sein,
eine Arbeit zu finden,
und dann kommt alles andere.
Das ist die vernünftige Reihenfolge,
die Ordnung,
für die die Dinge vorgesehen sind.

IRENE Aber Klara hat schon immer
verkehrt herum gedacht,
tags schlafen nachts aufstehen,
als ob sie auf der falschen Erdhalbkugel lebte.
KLARA Weil ich keine Ersparnisse habe,
Miete Essen Strom schenkt mir das einer.
*Schweigen.*
Dafür gibt es doch Ämter,
denkt ihr das.
*Pause.*
Ich will aber kein Fall
für das dichte soziale Netz werden,
für das dieses Land berüchtigt ist.
Ich will kein fremdes Geld annehmen
und davon leben müssen,
Geld, das andere Leute zahlen müssen dürfen,
weil sie Arbeit haben.
Ich bin eine unabhängige und freie Person,
ich besitze die Menschenrechte,
Ich darf nicht gefoltert werden,
indem man mir Almosen gibt.
Ich muss für mich selber sorgen können,
wie jedes Kleinkind lernt mit dem Löffel zu essen
und sich die Schuhe zu binden.
IRENE Du,
du zahlst doch sicher
nicht mal die Rundfunkgebühren.
*Pause.*
Im Grunde möchte meine Schwester ja
gar keine feste Stelle.
Regeln waren ihr immer zuwider.
Sie hat immer die erste Stunde geschwänzt,
weil sie früh um sieben nicht aufstehen konnte;
sie sagte, das widerspräche ihrer inneren Uhr.

KLARA Du hingegen warst immer pünktlich,
eine Pflichtfanatikerin, wie selbst die Lehrer sagten,
und das ärgert dich
heute noch.
IRENE Und überhaupt,
wieso sorgt nicht dein Mann für dich,
dein zukünftiger.
KLARA Es gibt eben Menschen,
die wollen sich nicht aushalten lassen,
selbst in einer Ehe nicht.
IRENE Das brauche ich mir nicht sagen zu lassen,
wir sind hier nicht im Puff.
KLARA Und was ist jetzt mit dem Kredit.
GOTTFRIED Was ist denn das für ein Metzgerladen.
Läufts gut, das Geschäft.
TOMAS Den Metzger hab ich ja längst aufgegeben;
der Geruch des rohen Fleisches,
die ausgenommenen Hälften,
die im Kühlraum hängen,
das Geräusch des Beils,
das die Knochen zerhackt,
das war mir alles zuviel.
Ich habe mich friedlicheren Tätigkeiten zugewandt,
zuerst war ich Barmann,
dann Verkäufer für Herrenoberbekleidung,
zwischendurch Fahrer bei einem Paketdienst,
und nun
besitze ich einen Trödelladen.
KLARA Na endlich.
IRENE Ach Antiquitäten.
TOMAS Nein Trödel.
Im Haus nennen sie mich den Müllmann.
Ich handle mit stinkenden, alten, kaputten,
aus dem Leim gegangenen Sachen.

Sachen, deren einstige Bestimmung,
deren Daseinszweck oft nicht mehr erkennbar ist.
Ich mache in Entrümpelungen, Wohnungsauflösungen,
Nachlassverkäufen.
Ich lebe vom Abfall anderer Menschen.
Manchmal noch lebender, häufig toter Menschen.
Ich entsorge das Hinterbliebene.

IRENE Na. Ich weiß nicht.
Dann lieber Metzger.

GOTTFRIED Gibt es denn da irgendeine
Perspektive.

TOMAS Sogar eine unglaubliche,
eine unglaubliche Perspektive.
Ich schaue in die Eingeweide
der Menschenbiographien hinein.
Jedesmal,
wenn ich eine Wohnung entrümple,
wühle ich mich durch die Ablagerungen,
die Hinterlassenschaften,
die Verkrustungen anderer Leben.
Angewandte Menschenkunde ist das.
Aus dem, was einer loswerden will,
was er weghaut, abwirft, liegenlässt,
versteckt und vergisst,
was er ansammelt, schichtet, hortet und um sich bunkert,
zeichne ich Ihnen ein Gesicht,
das ist genauer
als die Beschreibung eines Therapeuten.
*Pause.*
Ihr Kleid zum Beispiel,
ja das, das Sie heute Abend tragen,
wann werden Sie das in einen Sack
der Altkleidersammlung stopfen.
Morgen, in einem Monat, in einem Jahr –

Waren Sie schon einmal in einem Altkleiderladen,
ich meine keine Secondhandedelboutique,
eine Halde für alte Kleider.
IRENE Nein.
TOMAS Warum nicht.
IRENE Ich weiß nicht.
Das riecht.
TOMAS Wenn ich Ihr Kleid
in die Hände bekomme,
in einem Jahr,
dann wird es an den Seiten
herausgelassen worden sein,
denn Sie haben zugenommen;
ich rieche Mottenpulver,
denn Sie fürchten das Ungeziefer,
das in Ihren Schränken versteckt sein könnte,
ich sehe die Schweißränder
um die Achselausschnitte und weiß,
Sie regen sich leicht auf,
und dann gibt es ein paar bleiche Flecke
auf Ihrem Rock,
und ich denke, das ist ausgewaschenes Sperma,
aber von wem,
von Ihrem Mann –
GOTTFRIED Natürlich von ihrem Mann,
von wem denn sonst.
Auch wenn Sie ein Schwippschwager in spe sind,
das fängt an, zu weit zu gehen –
TOMAS *zu Gottfried* Und dann finde ich Ihre Jacke
in dem Kleiderbeutel
und was fällt mir auf –
nichts,
rein gar nichts.
Kein Geruch,

keine hängenden Fäden,
keine gerissenen Nähte,
keine Brandlöcher,
rein gar nichts.
Der Stoff ist einfach
nur dünn
und durchsichtig geworden,
ein abgeschabtes Stück.

IRENE Dagegen ist Metzger ja direkt
ein anständiges Handwerk.

GOTTFRIED *steht auf und geht zum Fenster*
Die sind immer noch da,
zwei sitzen so rum,
einer liegt fast am Boden,
sie rauchen jetzt,
ein deprimierender Anblick.
*Er kommt zurück.*
Tomas,
ich will Ihnen sagen,
ich finde das was sie tun
sehr ehrenwert.
Die Vorstellung,
dass da einer gestorben ist,
in einer Wohnung,
und Sie gehen da hinein,
einfach so,
und na ja,
ich muss schon sagen,
einer muss es ja tun,
aber trotzdem,
kramen da so in den Sachen rum.
Vielleicht ist der ja auf dem Sofa
gestorben,
verschieden,

entschlafen,
und da liegt noch eine Socke
von ihm herum
womöglich,
und am Fenster blinkt seit Jahren
der elektrische Christbaum.

KLARA Den zum Beispiel
könntet ihr dann
bei Tomas kaufen.

GOTTFRIED Also ich muss schon sagen,
ich finde das jetzt doch
sehr ehrenwert,
was Sie da tun,
das hat ja beinahe was von Zivildienst,
da gehört ja auch einige
Überwindung,
um nicht zu sagen
Selbstdisziplin ja Selbstdisziplin
gehört da dazu,
ich würde mich womöglich nicht scheuen
von menschlicher Größe
zu sprechen,
was sagst du Klara,
doch doch,
und wenn man bedenkt,
wir haben auch schon schöne Sachen
auf dem Trödel gefunden,
nicht,
das eine oder andere Stück,
wenn das dann erst mal in der eigenen Wohnung steht,
und gereinigt wird und vielleicht auch frisch bemalt,
dann riecht das auch praktisch nicht mehr,
das ist fast wie neu,
oder riecht einer von euch

irgendetwas Unangenehmes,
was sagst du Klara.
*Er geht zum Fenster.*
Umso bedauerlicher,
dass der Bank
eure beruflichen Anstrengungen
ganz und gar gleichgültig sind,
die Bank hat kein Gewissen,
und die Bank hat auch keine Freunde,
und deswegen vergibt sie kein Geld aus Mitleid,
oder akzeptiert Bürgen aus reiner Gefälligkeit,
nicht in eurer Preisklasse.
*Pause.*
Die dritte ist jetzt weg.
Aber zwei von denen
hängen noch da rum.
Die meisten Sorgen macht man sich ja
nicht um sich selber,
die meisten Sorgen gelten dem Kind.
Die da draußen haben doch auch Eltern,
kümmern die sich denn gar nicht.
*Pause.*
Sieh doch mal nach, ob Carola schläft.

*Irene geht hinaus. Klara hinterher.*

KLARA Ich will sie auch sehen.
Dann gehen wir.

*Schweigen.*

GOTTFRIED Von einer Heirat
würde ich dir abraten,
unter uns gesagt.

Wie lange kennt ihr euch.
Ich kenne die beiden schon von Kind an.
Klara war immer höchst gefährdet,
unstet, mit nichts zufrieden, jähzornig, hochfahrend.
Ganz ihr Bruder.
Lassen Sie die Finger von ihr.
TOMAS Na ja das mit der Verlobung ist –
nicht so ernst gemeint.
Klara dachte, das macht sich besser,
wegen der Bürgschaft.
Also wir haben eigentlich nicht vor zu heiraten,
also ich nicht,
nicht gleich,
die Zeit muss noch ein wenig reifen.

*Schweigen.*

GOTTFRIED Ich danke Ihnen.
Ich bin darüber persönlich sehr froh.
In der Bank erlebe ich so viel paargetriebenes Elend.
*Schweigen.*
Meine Frau schreit im Schlaf.
*Schweigen.*
Was soll man da machen.

*Irene und Klara kommen zurück.*

KLARA Carola ist zwei Meter gewachsen.
Und schnarcht wie ihre Mutter.
GOTTFRIED *wieder am Fenster*
Hat sie bestimmt nicht
aus dem Fenster gesehen.
Jeden Tag, wenn ich da auf den Bus warte,
sehe ich die Spritzen liegen,

ich habe sie auch schon mal genommen
und weggeworfen.
Diese unreife Grenzüberschreitungssucht
vernichtet uns alle,
langsam aber sicher.
Wenn ich nur einmal unsere Tochter erwische,
dass sie nicht auf den Bus wartet,
sondern rumlungert
in so einem Häuschen –

KLARA Eure Tochter
macht das bestimmt nicht.

IRENE Wieso sagst du das
so ironisch.
Wieso sagst du das
so ironisch.

GOTTFRIED Ich habe Angst manchmal,
ich kann das nicht kontrollieren
da draußen.
Ich möchte meiner Familie
einen Halt geben,
aber jeden Tag
stehe ich an dieser Bushaltestelle
und habe Angst,
dass meine Anstrengungen
völlig umsonst sind.

KLARA Angst warum, wovor,
eine paneuropäische Hungersnot,
eine Springflut, ein Erdbeben, ein Lawinenunglück,
was könnte euer Leben schon durcheinanderbringen,
da bräuchte es mehrere Naturkatastrophen
hintereinander.

GOTTFRIED Ein Börsencrash,
ein weltweiter Börsencrash,
das wäre eine Katastrophe.

IRENE Unser Bruder hat sich immerhin
zu Tode gespritzt.
KLARA Ja,
aber er hat es nicht aus Verzweiflung getan,
sondern aus Lust am Dasein,
weil er den Rausch genossen hat,
ja er war ekstasesüchtig,
was du nicht verstehen kannst,
er hatte nämlich keine Angst
vor dem Leben,
anders als du,
die vor jedem Orgasmus
eine Beruhigungspille schluckt.
IRENE Das war das letzte,
was du in diesem Haus gesagt hast,
du Schlampe.
GOTTFRIED Sie hat recht.
Du hast recht, Klara.
Wir haben Angst
vor dem was uns verführen könnte,
vielleicht sollten wir einfach
das Herz des Feindes essen.
KLARA Komm Tomas.

*Sie gehen.*

# 3

*In einer Kirche. An einem Nachmittag unter der Woche. Elisabeth und Tomas. Außer ihnen ein Chinese, allein in einer Bank versunken.*

ELISABETH Und das haben sie euch geglaubt.
TOMAS Ja. Warum nicht.
ELISABETH Dann habt ihr also
einen glücklichen Eindruck gemacht.
TOMAS Das war der Zweck, Elisabeth.
Der Zweck war, einen glücklichen,
einen kreditwürdigen Eindruck zu schaffen.
So, als würde das Leben selber
für einen bürgen,
sozusagen.
ELISABETH Und.
Hat sie den Kredit.
TOMAS Nein.

*Schweigen.*

ELISABETH Warum sagst dus ihr nicht.
TOMAS Jetzt.
ELISABETH Wo die Show vorbei ist.
TOMAS In ihrer jetzigen Situation.
ELISABETH Es gibt immer eine jetzige Situation.
Außerdem,
eine Kirche,
so weit muss die Heimlichtuerei ja nicht gehen.
TOMAS Du
hast doch immer Angst
gesehen zu werden.
Warum eigentlich.

Ist doch schmeichelhaft
für dich.

ELISABETH Aha.
Für dich nicht.
*Pause.*
Für dich nicht.

TOMAS Ich bin hier der Betrüger.
Tomas ist böse.
Aber vor dem Angesicht Gottes
können wir nichts verbergen,
deshalb müssen wir auch nichts verbergen.
*Lacht auf.*
*Schweigen.*
Es ist ruhig hier. Angenehm. Still.

ELISABETH Diese Stille ist mir unheimlich.
Sie hat etwas Schweres.
Man fühlt sich ohnehin schon so –

TOMAS schuldig –
*Pause.*
Ich will dir was zeigen.
Hier, sieh –

*Er führt Elisabeth zu einem Stützpfeiler zwischen den Bänken, deutet auf eine Inschrift.*

TOMAS Da,
Hl. Antonius bitt für uns,
und da:
Hl. Judas bitt für uns.
*Pause.*
Hl. Judas bitt für uns,
und das über dem Weihwasserbecken.
*Pause.*
Jeden Sonntag bin ich hierher gegangen als Kind,
und manchmal auch wochentags früh mit den Eltern.

Am liebsten habe ich mich vor diesen Pfeiler gekniet
und die ganze Messe über auf die Inschrift gestarrt,
die mir rätselhaft war, unverrückbar in den Stein gehauen
wie die Gesetzestafeln.
Hl. Judas bitt für uns:
war damit der Apostel gemeint,
und wenn ja, seit wann durfte man zu einem Verräter beten,
ja sollte man zu ihm beten, ihn um seine Fürsprache bitten,
und warum war dieser Judas auf einmal ein Heiliger,
lauter ungelöste und unlösbare Rätsel,
über die sich das Kind jeden Sonntag den Kopf zerbrach.
Wenn der größte Verräter der Bibelheldensaga
zum Heiligen geworden war,
hieß das, man sollte ihm nacheifern –
Musste man erst Verbrecher sein,
damit sich Gott mit einem beschäftigte,
damit man würdig war, vor Gericht zu erscheinen,
wo man um Vergebung und Erlösung bitten konnte.
Nur wer auch die schwarze Seite kannte,
wusste die andere Welt zu schätzen, vielleicht.
Dieser Gedanke war nicht nur verlockend,
er ließ mir die Elternreligion in einem neuen Licht
erscheinen,
und verlieh ihr überhaupt erst einen Sinn.
Das ganze komplizierte Leben
mit seinen Fallen und Eisen
schien auf einmal darin aufgehoben
und verstanden zu sein.
*Pause.*
Ich hätte nicht fragen sollen.
Eines Tages fragte ich danach:
Hl. Judas bitt für uns.
Und mein allwissender Vater erklärte mir,
es handle sich gar nicht um jenen Jünger,

nicht Judas Ischariot sei gemeint,
sondern ein gewisser Judas Taddäus,
ein braver Mann aus Aramäa,
unbedeutend und ohne Schuld.
Und da stand dieser Kirchenpfeiler,
seiner ketzerischen Inschrift beraubt,
in seiner ganzen Schalheit und Trostlosigkeit und Erbärmlichkeit
im trübsten Licht des einfachen guten Lebens.
Und weiß war wieder weiß und schwarz schwarz,
und die verlorenen Schafe flüchteten reuig zurück in die Herde.
*Pause.*
Echte richtige Helden konnten also nur die Guten sein,
die für das Gute kämpften und für das Gute starben.
Das ist ganz genau wie im Western.
Die Heiligen reiten einsam dem Sonnenuntergang entgegen,
die Frauen bleiben winkend und weinend zurück
und spielen Jungfrau Maria,
enthaltsam, hingebend, fürsorglich.
Der katholische Glaube ist im Grunde
eine Westernreligion,
männlich und gut,
und nur bekehrte Indianer
sind gute Indianer.

*Sie setzen sich in eine Bank. Der Chinese wendet von Zeit zu Zeit den Kopf und beobachtet die beiden.*

ELISABETH Schade schade schade.
Klara zu betrügen
wäre deiner Kindertheorie nach
also fast eine Art Glaubensbekenntnis gewesen,
jetzt allerdings
taugt es doch nur zum schlechten Gewissen.

TOMAS Ich möchte aufhören, Elisabeth.
Ich möchte aufhören,
und etwas Anderes, etwas Neues anfangen.
ELISABETH Mit uns –
Du schämst dich meiner,
einer Alten,
doch,
deshalb verlangt es dich danach zu beichten.
TOMAS Aber nein.
Ich rede vom Geschäft.
Ich höre auf damit, den Dreck fremder Leute zu durchwühlen,
ihren Müll in meinem Leben anzuhäufen,
an meinen Händen der Geruch von Moder,
fass mich an –
und Firnis bröselt aus den Falten meiner Kleider.
Ich bin vom Tod umgeben,
Abgelebtes, Abgestreiftes, Verwesendes.
Mein ganzes Leben habe ich vertrödelt vertändelt vertan,
bis jetzt.
Ich weiß nicht,
was ich bin,
ich möchte aufhören.

*Pause.*

ELISABETH Irgendwie
riecht es hier
so streng.
TOMAS Ja.
Das bin ich wahrscheinlich.
ELISABETH Nein nein,
das riecht nach –
ich weiß nicht,
riechst du nichts.

TOMAS Du lieber Himmel nein,
ich bin völlig abgestumpft
gegen Gerüche.
Gib mir mal das Sagrotan
aus der Tasche.
ELISABETH Du denkst zu viel nach.
Über das Falsche.
Das führt zu Handlungslähmung.

*Tomas wischt sich mit einem Sagrotantuch Gesicht und Hände ab.*

ELISABETH Weißt du, als sie mich in Frührente geschickt haben,
um Platz zu schaffen
für einen jungen Lehrer,
da dachte ich auch, was fängst du jetzt an,
mit fünfundfünfzig,
da liegen, wenn nichts dazwischen kommt,
noch dreißig Jahre vor dir.
Dreißig Jahre Rente, dreißig Jahre bezahlte Freizeit.
Ein Drittel deines Lebens jenseits
der Wahrnehmung anderer Menschen,
sofern sie nicht auch Rentner sind.
Frührentnertum, das ist das Zwischenreich der Amnesie.
In einem Alter, wo andere Bundeskanzler werden,
fängt für unsereinen der Dämmerzustand an,
wenn man nicht sehr aufpasst.
Das Leben genießen,
jetzt kannst du endlich dein Leben genießen,
der Zynismus der Arbeitenden.
Damit meinen sie Nichtstun,
dreißig Jahre ohne Arbeit,
die Langeweilefolter,

wie lange hält man das aus, sich sinnvoll beschäftigen,
Reisen in die Sonne, eine Sprache lernen, einen Sportkurs
belegen und
jeden Tag ein Gedicht auswendig,
Brot selber backen und mit Seidenmalerei anfangen,
der Echtzeit-Albtraum zum Lebensende.
Das Rentendasein fordert mehr Disziplin
als jeder andere Lebensabschnitt,
will man nicht innerhalb kürzester Zeit
zum Greis regredieren.
Heutzutage braucht keiner mehr die Alten,
das Wissen der Welt
sitzt in den Computerhirnen,
wird von Festplattengeneration zu Festplattengeneration
vererbt,
und wenn wir in die Nähe einer Schlüsseltaste kommen,
heißt es panisch Finger weg,
dir fehlt die Erfahrung.
Heutzutage
werden die Alten Weisen immer jünger,
und das Meer der Unwissenden Nutzlosen
schwillt zu einer Bedrohung.
Ich
habe einmal Biologie unterrichtet,
in einem Zeitalter,
als man die Entstehung des Lebens
an einem Tümpel im Schulgarten erklärte,
fauliges Wasser, Algen, Kaulquappen,
und Hyazinthenzwiebeln in der Frühjahrssonne auf dem
Fensterbrett,
heute zeigen die Vorschüler
eine Computersimulation,
Feier des Lebens.
Irgendwie

riecht es hier
komisch.
TOMAS Ich will wissen wofür
ich das alles mache.
ELISABETH Dann gibts nur zwei Möglichkeiten,
Kloster oder Kinder.
TOMAS *erschreckt* Kinder.
ELISABETH *lacht* Na mit mir nicht.
Mit mir nicht.
TOMAS Ich werde Klara alles sagen.
Es ist vorbei.
Sowieso. Alles.

*Schweigen.*

ELISABETH Vielleicht mochte ich das ganz gerne,
die Heimlichkeit,
auch ein Genuss.
TOMAS Mhm.

*Sie küssen sich.*

TOMAS Wir können uns ja trotzdem noch heimlich treffen
und so tun,
als wären wir ein verbotenes Liebespaar.
ELISABETH Mhm.

*Schweigen.*

TOMAS Liebst du mich.
ELISABETH Ich glaube.
TOMAS Ich glaube ich glaube.
Willst du mir meine Schuldgefühle nehmen.
*Pause.*

Liebst du mich.
Sag ja.
ELISABETH Ja.

*Pause.*

TOMAS Still ist es hier.
*Pause.*
Wir sind ganz allein.
ELISABETH Fast. *Deutet auf den Chinesen.*
TOMAS Das ist nur ein Chinese.
Er wird uns nicht sehen.
ELISABETH Es wird schade sein
um das Heimliche.
TOMAS Mhm.

*Sie küssen sich und verschwinden dann hinter der Bank. Der Chinese sieht ziemlich beunruhigt aus, bleibt aber sitzen und wirft nur Blicke.*

TOMAS *sich aufsetzend*
Was für eine Befreiung.
*Pause.*
Ich werde ihr alles sagen.
Es ist vorbei,
sowieso alles.
Jetzt
rieche ich es auch.
ELISABETH *setzt sich auf und sieht hinter ihre Bank*
Mein Gott,
da liegt ein Schwein.
Ich glaube es ist tot.

*Der Chinese kommt.*

CHINESE Entschuldigen vielmals.
Verstorbenes Schwein
ist für Mahlzeit,
chop suey.
Zur Andacht nur kurz abgelegt,
bevor Nachhausegehen,
entschuldigen vielmals.

*Er lädt sich das Schwein auf die Schulter und geht mit ihm davon.*

4

*Irene allein zu Haus.*

IRENE In letzter Zeit schlafe ich schlecht. – So unruhig. – Und letzte Nacht, da habe ich wieder von der Chinesin geträumt. Sie hatte einen Stand auf dem Kirchenplatz, einen Marktstand wie auf einem Trödel. Mützen, Schals, Handschuhe, Tücher. Sie stand daneben, selber dick eingemummt, die wollene Mütze bis knapp zu den Augenbrauen heruntergezogen, den Schal zweimal umgeschlungen, Fäuste in den Taschen, reglos. Es gefiel mir, wie sie mich ansah, sie starrte, sie sah mich unverwandt an ohne zu blinzeln, die Augen ganz verdunkelt. *Pause.* Ich weiß es nicht, ich weiß nicht, ob sie wirklich eine Chinesin war, vielleicht auch Japanerin, ihre Züge waren asiatisch, das flache, breite Gesicht, die Wangenknochen ein Relief, von vorn wirkte ihr Gesicht wie eine Münze. – Sie könnte auch eine Mongolin gewesen sein. *Pause.* Nein, ihr Blick gefiel mir nicht, er hatte etwas furchteinflößendes. Sie war mir unangenehm. Weil sie mich so festhielt mit ihren Augen. *Pause.* Sie war klein, kleiner als ich, stämmig wie ein Bauer und mit einem Ringerkreuz.
Ich träumte, dass ich ihr in den Laden folgte, der hinter dem Marktstand war, im Souterrain eines Hauses, die Fenster halb vom Gehsteig verdeckt. Sie drehte sich einfach um und ging, und ich folgte ihr ohne Worte dahinunter, wo sie auf mich wartete und mich umstandslos auf den Mund küsste. *Pause.* Sie brauchte nichts zu sagen, sie hatte eine Kraft, die das, was sie tat, selbstverständlich machte.
*Schweigen.*
Dieses Küssen war so – so – es war so, dass ich fast dachte, ich bekäme eine Leidenschaft.
*Schweigen.*
In Wirklichkeit habe ich aber nie mit ihr geredet.

In Wirklichkeit bin ich ihr überhaupt nicht nahegekommen.
*Schweigen.*
In Wirklichkeit kann ich mir auch gar nicht vorstellen, dass ich mit einer Frau ...
das wäre ja, als würde ich mir selber begegnen.
*Lacht.*

## 5

*Klara im Uni-Klinikum. Allein.*

KLARA Das ist ja auch eine Möglichkeit. Es ist ja auch eine ganz ganz einzigartige, ganz unglaubliche Chance. Arbeitslos zu sein. Wann hat unsereins schon mal so eine Gelegenheit. Ich habe jetzt endlich Zeit, darüber nachzudenken, was ich mit meinem Leben anfangen will. Was für einen Sinn gebe ich ihm. Was für eine Bedeutung gebe ich ihm. Und mir. Was für Ziele gebe ich mir. Habe ich überhaupt welche. Und wenn ja, wo sind sie. Was wollte ich einmal erreichen und was habe ich erreicht. Fragen, die man sich sonst nur am Ende seines Lebens stellt, endlich von der immer abgeleugneten Metaphysik in die Enge der letzten Tage getrieben; am finalen Tropf hängend, das EKG hat manchmal kleine Aussetzer, und Panik pocht in der Herzkammer. Was wollte ich einmal erreichen und was habe ich erreicht. Wo bin ich. Wer bin ich. Wofür bin ich. Und schließlich: Was tun ...
Es stellt sich ja nicht nur der einzelne diese Frage: was tun – ist doch die entscheidende Menschheitsfrage. Und da halte ich mir also die großen Ziele der Menschheit vor Augen, die da heißen ...nie mehr Krieg ...nie mehr Krankheit ...nie mehr Hunger ...nie mehr Durst ...und ...und ...das wars dann auch schon. Dazu kommen dann Subprobleme, das Ozonloch, Aids, Rassismus, die Aktienkurse, rot-grün, und die Albaner. Und ich frage mich, wo ich stehe, innerhalb dieser Gesamtproblematik, dieses globalen Systems, wo alles mit allem irgendwie zusammenhängt, also auch mit mir, ich hänge da mit drin. Wo stehe ich und was ist mein Beitrag zur Lösung der Probleme, die uns im kommenden Jahrtausend so unterhalten werden.
*Schweigen.*

*Auftritt Georg (der Arzt).*
Deshalb habe ich beschlossen,
mich,
mich ganz,
meinen Geist und meinen Körper,
in den Dienst der Wissenschaft zu stellen.
Um damit wenigstens ein ganz winziges kleines bisschen
zum Überleben und zum Fortschritt der Menschheit
beizutragen.

Das ist mein Angebot.
Ich stelle mich hiermit
in meiner Ganzheit als Gesamtperson
der medizinischen Forschung zur Verfügung.
GEORG Es steckt ja auch
eine gewisse Poesie
in diesem Gedanken,
nicht.
Kranksein für andere,
leiden für andere,
um schließlich Heilung zu bringen
für andere.
Das ist hübsch altruistisch gedacht,
und stinkt doch zum Himmel
nach Egozentrismus.
KLARA Kein heimliches Märtyrertum
und auch kein versteckter Masochismus.
Wenn ich sage
für die Wissenschaft,
meine ich das ganz zweckorientiert,
eine rationale Kosten-Nutzen-Rechnung,
mit dem einzigen Hintergedanken,
dass mein Leben
nicht umsonst gewesen sein soll.

GEORG Sag ich doch,
eine Sinnsucherin.
*Lacht.*
KLARA Ideeller Pragmatismus.
GEORG Und was haben Sie bisher gemacht,
ich meine so als gemeiner Broterwerb.
KLARA Ich habe ich bin ich war
Technische Redakteurin.
Montage- und Bedienungsanleitungen,
Gebrauchsanweisungen,
für Haushalts- und Elektrogeräte,
mehrsprachig.
*Pause. Unsicher.*
Ich habe meine Entlassung provoziert.
Die mir gestellten Aufgaben haben mich nicht
befriedigt. Ich habe ein Recht auf
eine anspruchsvolle Tätigkeit,
die mich ausfüllt und weiterbringt.
GEORG Sie meinen Ihre Bewerbung doch
nicht ernst,
oder.
KLARA *hat sich wieder gefangen*
Doch.
Doch.

*Pause.*

GEORG Was können Sie denn bieten
außer Ihrer Freiwilligkeit.
Haben Sie Erfahrung.
KLARA Worin
zum Beispiel.
GEORG Eine chronische oder bisher unheilbare
oder wenigstens eine kaum zu heilende

Krankheit müssten Sie schon vorweisen,
eine Blutkrebsherausforderung zum Beispiel,
oder ein Kombipack,
Niereninsuffizienz plus fortgeschrittene Diabetes,
ein Tumor täte es auch,
an dessen Zustand und Verlauf
die Wirkung neuer Medikamente
überprüft werden könnte.
Sind Sie krank.

KLARA Nein. Im Gegenteil.
Gewissermaßen bin ich ja hier,
um krank zu werden.
Ich komme als Gesunde
und gehe als Kranke,
und Sie versuchen,
mich wieder gesund zu machen.
Das müsste Ihnen doch einiges wert sein.

GEORG Als Gesunde sind Sie bei uns
völlig wertlos,
nutzloses Menschenmaterial.

KLARA Kann man da wirklich nichts tun.
Ich bin für alles zu haben,
genetische Versuchsreihen, Organtransplantationen,
Impfstofftests.
Stellen Sie sich vor,
ein anamnetisch völlig unverdorbener Leib,
in den Sie jede Krankheit hineinschreiben können.
Haben Sie da keine Schöpferphantasien.
Ich bin außerdem sehr anfällig,
ich würde sicher schnell
zu den schwerstkranken,
wenn nicht sogar den völlig aussichtslosen
Fällen zählen.

GEORG Dann können Sie ja wiederkommen.

KLARA Bitte.
Das ist ein einmaliges Angebot.
So etwas bekommen Sie nie wieder.
GEORG Das dürfen Sie gar nicht,
ich meine,
Sie sollten das nicht tun,
und ich darf es nicht annehmen.
Ich darf nicht.
Sie können sich nicht gratis
zur Verfügung stellen.
Das ist gegen das Gesetz.
Und vermutlich auch gegen die Ethik der Forschung.
Einen lebenden Körper umsonst anbieten
hieße ihn herabwürdigen.
Und hier
sind Sie sowieso falsch.
KLARA Da haben Sie mich missverstanden,
was glauben Sie denn.
Zu verschenken habe ich nichts.
Eine Entschädigung fände ich angemessen,
mindestens,
die mir erlaubt,
mein normales Leben weiterzuführen.
GEORG Ja dann,
ach so,
in diesem Fall
sind Sie eine typische Bewerberin
für den Pharmastrich.
KLARA Pharmastrich.
Das gibts.
GEORG Jaja jaja,
zwanzigtausend Probanden ungefähr,
jaja jährlich,
allein in Deutschland,

Hausfrauen, Studenten, Arbeitslose,
gelangweilte, einsame, verschuldete Existenzen,
auch Stammkunden darunter,
die den Kick brauchen, wer weiß.

KLARA Und wer,
und wohin muss ich da –

GEORG Direkt zu den Pharmafirmen.
Da die Tierversuchsanstalten, daneben die Humanlabors.
Wenn Sie nicht erkältet sind oder schwanger,
keine Drogen nehmen,
können Sie sich jederzeit bewerben.
Drei Wochen bringen im Schnitt
mehr als viertausend Mark.

KLARA Werd ich ja reich.

GEORG Lassen Sie sich Ihren Idealismus
teuer bezahlen.

KLARA Und was bin ich dann.
Pharmanutte.

GEORG Ihre Entscheidung.
Sie müssen natürlich Pausen einhalten
zwischen den einzelnen Versuchsreihen.
Wie im Fernverkehr,
ohne Unterbrechung am Steuer ist –

KLARA – gegen das Gesetz.

GEORG Genau.

KLARA Ja.
Genau.
Genau das was ich suche sozusagen.
*Pause.*
Wunderbar.
Haben Sie vielleicht ein paar Adressen.

*Pause.*

GEORG Ich,
ich rate Ihnen natürlich ab.
Ich würde das an Ihrer Stelle nicht tun.
KLARA Ich brauche das Geld.
GEORG Nebenwirkungen:
Haarausfall, chronische Übelkeit, Leberstechen,
Magenblutung, Schwindelanfälle, Herzrasen –
KLARA Kann Ihnen doch egal sein.
GEORG Könnte es.
*Pause.*
Rollen Sie mal Ihren Ärmel hoch.

*Klara tut es.*

KLARA Vielleicht habe ich eine Krankheit
ohne es zu wissen.
GEORG *schließt sie an die Blutpumpe an*
Sie können alle drei Monate
zur Blutspende kommen.
Das bringt siebenundfünfzig Mark achtzig.
KLARA Fünfzig Mark –
hören Sie mal, das ist erstklassige Ware,
teurer würde ich mich schon gern verkaufen.
GEORG Da müssen Sie auf den Schwarzmarkt gehen.
Das hier sind Standardpreise.
*Pause.*
Es wird sich doch wohl
irgendeine lukrative Tätigkeit finden lassen
für Sie.
KLARA Sind Sie das Arbeitsamt.

*Pause.*

GEORG Ich will Sie wiedersehen.

*Schweigen.*

KLARA Sagen Sie mal,
wer schreibt eigentlich die Gebrauchsanweisungen
für die ganzen medizinischen Geräte.
GEORG Dafür gibt es Fachpersonal.
*Pause.*
Sie scheinen tatsächlich
ein ungebrochenes Verhältnis
zur Krankheit an sich zu haben.
Sie hätten Medizin studieren sollen.
KLARA Auch eine verpasste Chance.
GEORG Ich bringe Sie hinüber
zur naturhistorischen Sammlung,
die suchen manchmal Aushilfskräfte.
KLARA Wozu.
Zum Abstauben.
GEORG Für das Archiv.
Wollen Sie.
*Pause.*
Seien Sie doch froh,
dass Sie einen gesunden Körper haben.
KLARA Ja.
Und schön ist er
auch noch.

*Sie gehen.*

6

*Klara zieht bei Tomas ein.*

KLARA Das ist jetzt die gute Seite.
Wenn ich meine Wohnung noch bezahlen könnte,
nie würden wir zusammenziehen.
Jetzt aber.
Zum Glück gezwungen.
TOMAS Ein anderer würde sagen,
Schicksal.
KLARA So ein großes Wort, das verdienen wir nicht.
Für uns hat das Schicksal allerhöchstens ein Winken übrig,
und schon ist es vorbeigerauscht,
wir haben es gar nicht gemerkt,
und kümmert sich um die wichtigen Kunden.
TOMAS Wenn ich also noch eine Freiheit habe,
würde ich mich gerne darauf einigen,
dass jeder ein Schlafzimmer für sich allein hat.

*Pause.*

KLARA Klar. Kein Problem.
*Pause.*
Dann schlafen wir im Sommer
in deinem breiten Bett,
weil sich die Hitze
zwischen uns drängt,
und im Winter
liegen wir eng und fischkalt
in meinem schmalen.
Und wo sich unsere Füße berühren,
frieren wir zusammen.
Am Morgen sehen wir den Eiskristallen

beim Schmelzen zu.
Wenn wir aufgestanden sind,
hat sich eine Lache aus getautem Frost gebildet
und tropft auf den Boden.
TOMAS Ja. Vielleicht.

*Schweigen.*

KLARA Beinahe hätte ich eine Stelle gefunden.
Nur zur Aushilfe.
Naturkundemuseum. Inventarlisten überprüfen.
Dieses Jahr haben sie aber
niemanden mehr gebraucht.
*Pause.*
Jetzt bin ich doch wieder
ganz optimistisch.

*Schweigen.*

TOMAS Klara.
KLARA Ja.
TOMAS Wir, wir richten uns hier doch
keinen andauernden Zustand ein.
Oder.

*Schweigen.*

KLARA Das habe ich dir vergessen,
dass du bei meiner Schwester
mit einem Messer hinter meinem Rücken standst,
den ganzen Abend.
Nicht einmal mehr mein Mann sein wolltest du,
warum.
Hast du dich meiner geniert.

Aber ich habe es schon vergessen.
Jetzt bin ich ja hier.

*Schweigen.*

TOMAS Dass du hier,
dass wir hier miteinander –
KLARA Wenn ich wieder etwas verdiene,
dann suchen wir uns eine größere Wohnung.
Das hier, das dürfen wir nur als eine Art Basislager
betrachten,
das uns vorbereitet für den Aufstieg zum Gipfel.
Die entbehrungsreichen Tage liegen im Nebel,
oben scheint dann die Sonne.
Ganz oben scheint sie sogar dermaßen,
es ist kaum noch zum Aushalten.
Wir werden uns bis auf die Haut ausziehen müssen.

*Schweigen.*

TOMAS Das geht aber nicht,
dass ich für dich aufkomme,
auf die Dauer.
KLARA Ich hab dir auch schon ausgeholfen
mit Geld.
Und dann geht es einmal
andersherum.

*Pause.*

TOMAS Du siehst mich an
wie eine
Schwester.
KLARA Deine wirren Einfälle.

*Pause.*
Wieso lachst du nicht. Einmal.
Sonst sagst du,
es geht immer weiter.

*Schweigen.*

KLARA Vorgestern war ich beim Blutspenden;
für fünfzig Mark
kann man sein Blut verkaufen,
und man merkt gar nicht,
dass einem was fehlt.
*Schweigen.*
Du Tomas,
wir bleiben doch zusammen,
oder –

*Tomas nickt.*
*Auftritt Irene.*

IRENE Ich bin das letzte Mal umgezogen
vor elf Jahren.
Das war das zweite und bisher letzte Mal
in meinem Leben.
Ich habe das Geschirr
in Papier in Papier in Papier
in Kisten verpackt.
Und trotzdem ist es zerbrochen.
Hier ist ein Teeservice
für zwei Personen.
KLARA Ich trinke nie Tee.
TOMAS Was Neues ist zu heikel.
Das Praktische am Trödel:
wenn unter lauter Einzelstücken
eins kaputt geht,
reißt es keine Lücke in die Garnitur.

IRENE Ich will mich nicht entschuldigen.
Aber vergessen wir den Streit.
KLARA Für eine Schlampe bin ich
nicht nachtragend.
IRENE Da steht noch eine Frau unten.
Ich glaube, sie hat auch ein Geschenk.
Sie packt gerade aus.
TOMAS Gibts nicht.
IRENE Ich weiß nicht, wo ich sie hintun soll.
Sie kommt mir bekannt vor. –
Hast du schon einen Job.
KLARA Nein.
IRENE Ich hätte eine Übergangslösung.
Leichte Tätigkeit, gut bezahlt.
KLARA Und was und wo.
IRENE Kinderbetreuung.
KLARA Nein.
IRENE Was denn. Ein Geschäftsmann, Porzellan.
Ich hab das Service bei ihm gekauft.
Angenehm, einfach, schnell verdientes Geld, nebenbei.

KLARA Bin ich nicht qualifiziert dafür.
IRENE Lächerlich. Kinderkram.
Liegt im Blut.
KLARA Nein. Nein. Nein.
IRENE Ich dränge mich nicht auf.

*Auftritt Elisabeth.*

ELISABETH *zu Irene* Wer Sie sind, weiß ich nicht.
*Zu Klara.* Wer Sie sind, vermute ich.
*Zu Tomas.* Sie sind der Schuldige.
*Sie hält ein Päckchen hoch.*
Hier habe ich ein Geschenk,
ein Geschenk, das in Ihrem Laden erworben worden ist.

Und von dem ich mich nun leider gezwungen sehe,
es zu reklamieren.
Anders gesagt, es hält nicht, was es verspricht.
Es ist Schrott.
Sehen Sie selbst:
*Sie nimmt ein Herz aus dem Päckchen, ungefähr von der Größe einer Honigmelone, und hebt es vorsichtig hoch; es ist rot und sehr prall.*
Das ist das Geschenk meines Freundes.
Jetzt muss ich leider sagen,
meines Ex-Freundes.
Angeblich
aus höchst wertvollem und sehr empfindlichem,
hauchdünnem, leicht zerbrechlichem Glas,
mit einem feinen, geheimnisvollen, ebenso empfindlichen Inneren.
Nie habe ich gewagt,
es auch nur zu berühren,
aus Angst, einen Flecken zu hinterlassen,
eine Druckstelle oder einen haarfeinen Riss;
die kleinste Erschütterung könnte ihm schaden.
Behutsamer als mit einem rohen Ei
bin ich mit diesem Herz umgegangen.
Nun hat mein Freund mich verlassen.
Früher hat es sogar geglüht in der Mitte:
genau hier blinkte es im Rhythmus des Herzschlags.
Das ist natürlich vorbei.
Und wie es sich bei einer Abschiedsszene gehört,
die unserer einmal gelebten Leidenschaft entsprechen sollte,
wollte ich ihm sein Herz vor die Füße werfen,
damit es zerschelle in feinste Glanzglassplitter;
wenn ich Glück hätte,
würde ihn einer ins Auge treffen
und er würde tot umfallen,

das zerbrechende Herz wäre sein Tod.
Ich nahm also meine Brünhildencarmenmedea-Haltung ein,
die ich schon vor dem Spiegel geprobt hatte,
und nun sehen Sie sich das an:
*Sie wirft das Herz mit voller Wucht auf den Boden, wo es mit einem matschigen Geräusch wie ein Klumpen Ton liegenbleibt.*
Es zerspringt nicht,
es zerspringt überhaupt nicht.
*Sie wirft das Herz gegen die Wand, wo es auch mit sattem Geräusch auftrifft, klebenbleibt, langsam in Zeitlupe zu Boden fällt, die Masse ein wenig verformt, aber eindeutig ganz und ein Herz.*
Dieses Herz ist unzerbrechlich,
von wegen wertvolles Material,
Schund ist das,
ganz grober Schund.
*Sie schleudert das Herz im folgenden gegen Schrank, Tisch, Decke, usw. Immer bleibt es kleben und klatscht dann langsam zu Boden.*
Dieses Herz ist zäh wie Leder,
ein zähes, ledernes, unverwüstliches Affenlederherz;
dieses Herz zeigt keine Risse noch Sprünge,
nicht einmal Dellen oder blaue Flecke;
es ist unzerstörbar, knetbar und ohne Gefühl,
empfindet keinen Schmerz, schreit nicht, lautlos.
Ich bin betrogen worden;
ich reklamiere dieses Herz,
ich verlange Schadenersatz.
TOMAS Ich kenne dieses Herz nicht.
Dieses Herz ist original ein Fremdkörperherz für mich,
ich bin nicht dafür verantwortlich,
ich habe es nie jemandem verkauft.
ELISABETH Geschenkt.

TOMAS Auch nicht geschenkt.
ELISABETH Nachgeschmissen.
TOMAS Auch nicht nachgeschmissen.
ELISABETH Das würde auch keiner haben wollen.
TOMAS Dieses Herz ist zweifellos aus
Polyethylenlatex,
eine Abart thermoplastischen Kautschuks,
schwer entflammbar,
und wasserabweisend,
ein Sicherheitsherz;
ich habe nie ein solches Herz besessen,
niemals würde ich einen derartigen Scherzartikel
mit mir herumtragen.
ELISABETH Wollen Sie damit sagen,
dass mein Freund mir etwas vorgemacht hat;
wollen Sie damit sagen,
mein Freund ist ein Lügner.

*Pause.*

TOMAS Er war,
er war vielleicht ein Lügner.
Ich weiß es nicht,
ich kenne Ihren Freund nicht.
ELISABETH Hier, das werden Sie noch brauchen können.

*Elisabeth wirft Klara das Herz hin und geht dann wortlos hinaus.*
*Klara nimmt das Herz an sich.*

IRENE Tolle Frau.
KLARA Und wer ist das.
Wer ist das.

*Irene geht Elisabeth nach.*

## 7

*Abend. In einer Seitenstraße. Vor einem Restaurant mit dem Schild »Heute Ruhetag«. Es regnet.*

KLARA Und jetzt.
GOTTFRIED Ich weiß auch nicht.
*Schweigen.*
Ich hab so oft an dich gedacht.
Und jetzt das.
KLARA Ich kenn mich in der Gegend nicht aus.
Kennst du dich aus.
GOTTFRIED Ich hab oft an dich gedacht.
Ich hab so oft an dich gedacht.
Und jetzt das.
KLARA Ich kann kein Taxi bezahlen.
Ich hab nämlich kein Geld.
GOTTFRIED Es ist mir so unangenehm.
Meine Einladung.
KLARA Gottfried. Wohin jetzt.
GOTTFRIED Ich kenn doch die Gegend auch nicht.

*Der Chinese kommt mit einem Korb, der mit einem Tuch bedeckt ist.*

CHINESE *ruft* Gebratengerichte –
Gebackengerichte –
KLARA Eine Frühlingsrolle
und dann ab nach Hause.
Lauter vergeudete Zeit.
Ich bin nämlich auf Stellungssuche.
CHINESE Gebratengerichte –
Gebackengerichte –
GOTTFRIED Ich glaube, ich hab gar keinen Hunger.
Klara, nur noch eine halbe Stunde.

Ich muss dir –
es ist mir sehr dringend –
KLARA Ich höre.
*Zum Chinesen.* Übrigens ist das falsch.
Gebratengerichte. Gebackengerichte.
Das ist ganz falsch.
Richtig heißt es
Gebratenes und Gebackenes oder
gebratene und gebackene Gerichte.
Was haben Sie denn.
Frühlingsrolle und chop suey.
Sehen Sie, da ist Gebackenes schon
höchst problematisch.
Gebackenes, das sorgt schon gleich
für Missverständnisse.
Wir denken da eher an Kuchen.
Entschuldigen Sie mein Insistieren,
ich habe einmal Speisekarten entworfen
für eine Hotelkette,
eine Berufspingeligkeit.
CHINESE Ich finde viel schöner so.
Gibt Kopf zu denken.
Speisekarte muss sein wie Poesie,
sonst schmeckt der Wein
schon vor Probieren
nicht nach Pflaumen,
sondern abgestanden.
Ich gebe Ihnen auch ein Gedicht.
KLARA Entschuldigen Sie,
ein Gericht, ein Gericht,
ja, eine Frühlingsrolle.
CHINESE Eindeutig ein Gedicht.
Später.
*Ab.*

KLARA Wo geht er hin.
Ich habe allerdings nicht
an dich gedacht.
Ich esse jetzt gleich etwas
und hoffe, du lädst mich ein.
Ich habe nämlich kein Geld.
GOTTFRIED Das soll sich ändern, Klara.
Ich besorge dir den Kredit.
KLARA Bedingung.
GOTTFRIED Keine.
KLARA Wirklich.
GOTTFRIED Wirklich.
KLARA Toll. Danke.
*Pause.*
Ich kann das nie zurückzahlen.
Ich arbeite ein paar Stunden
als Babysitter,
das ist –
das ist lächerlich demütigend
und noch nicht mal ein Taschengeld.
GOTTFRIED Darüber reden wir später.

*Schweigen.*

KLARA Und ich habe immer noch
keine Sicherheiten.
GOTTFRIED Erfunden.
Ich habe dir eine perfekte
Legende erfunden.
Wir belügen die Bank.
Ich belüge die Bank.
Wozu habe ich diese ganzen Trainingsprogramme mitgemacht.
Größerer Service. Mehr Effizienz.

Kundenbezogene Beratung. Ja, was denn sonst.
Genau das. Mache ich jetzt.
Die Bank – ist nur ein Abstraktum.
Nichts tut ihr weh. Nichts fügt ihr einen Schaden zu.
Da ist kein Organismus. Nur Zahlen.
*Pause.*
Ich hätte nicht gedacht,
dass das so viel Spaß macht.

KLARA Du bist ein Wirtschaftskrimineller.

GOTTFRIED Nur ein Bankräuber.
Ein ganz kleiner.
Aber ich bin noch im Wachstum.

*Schweigen.*

KLARA Was willst du dafür.

*Pause.*

GOTTFRIED Nichts.
*Schweigen.*
Ich weiß es nicht. –
Ich möchte keine Angst mehr haben. Haben müssen.
Dass etwas außer Kontrolle gerät. Ja.
Deshalb muss ich anfangen,
die Dinge zu kontrollieren.
Keine Angst mehr haben, dass ich schwach bin.
Das bin ich nicht. Das bin ich nicht.

KLARA Du tust das doch nicht umsonst.

*Pause.*

GOTTFRIED Jetzt.
Den Bullen bei den Hörnern packen. –
Klara,
Tomas betrügt dich.

KLARA *schweigt.*
GOTTFRIED Klara.
Hast du mich gehört. –
Hast du verstanden, was ich gesagt habe. –
Habla español, parlez-vous français,
Dein – Freund – betrügt – dich – mit – einer – anderen – Frau.
KLARA *schweigt.*
GOTTFRIED Klara –
*Er geht zu ihr, packt sie und schüttelt und schüttelt sie –*
KLARA Ach so.
*Schweigen.*
Ach so.

*Schweigen.*

GOTTFRIED Es ist ja auch zwischen mir und Irene
nicht mehr so wie früher.
*Pause.*
Sie schreit im Schlaf.
Und ich bin so starr,
so unbewegbar wie ein Baum.
Als ob mich etwas fest- und zurückhalten würde,
aus der Erde heraus greift es nach mir und hält mich fest,
wenn ich auf sie zugehen will;
dann strecke ich noch die Arme aus,
aber da hat sie sich schon weggewendet.
Sie hat sich schon lange weggewendet.
Wohin weiß ich nicht.
Im Gegensatz zu dir. Du weißt wenigstens,
dass es eine andere Frau ist.
Das ist schon mal was. Das ist ein Feind.
KLARA *schweigt.*
GOTTFRIED Ich habe gar nicht mehr gewusst,

wie schön es ist, mit dir zu reden.
Schön –
wie lebendig ich sein kann, mit dir.
Zuhause ist es immer so still.
Eigentlich ist es wie in der Bank.
Nirgends liegt etwas herum,
es gibt für alles Schubladen, Schränke und Fächer,
wo nötig mit Schloss.
Und die Schlüssel dazu
werden in einem eigenen Schlüsselkasten aufbewahrt,
der seinerseits auch verschließbar ist.
Als wären wir von gefährlichen Dingen umgeben,
vor denen wir uns sichern
und in Acht nehmen müssen,
damit sie uns nicht angreifen –
Klara, ich habe mich in dich verliebt.
*Pause.*
Ich kann dir helfen.
KLARA Ich höre gar nichts.
Sie haben Ruhetag.
Keine Geräusche.
Es riecht nicht nach Essen.
Ich habe die U-Bahn verpasst.
GOTTFRIED Man wird sehen, wie sich alles entwickelt.
Carola ist ja schon groß,
sie wird bei ihrer Mutter bleiben.
Es ist natürlich ein Skandal:
die Schwester meiner Frau.
Aber ich werde für beide zahlen –
KLARA Ich brauche Bargeld.
GOTTFRIED Wieviel.
Ich habe zwei Hunderter bei mir –
KLARA Nein, der Kredit.
Ich will den ganzen Kredit in bar.

GOTTFRIED Ausgezahlt.
KLARA Ausgezahlt.
GOTTFRIED Ich fürchte,
das ist allerdings ein Problem,
das mich momentan
überfordert.
KLARA Du kannst es dir ja überlegen.
GOTTFRIED Und sonst.
*Pause.*
Ich würde gerne ein paar Tage
wegfahren.
Mit dir.
KLARA Glaubst du, du kannst mich kaufen.
GOTTFRIED Nein. Trösten.
KLARA Hau ab jetzt. Hau ab.

*Der Chinese kommt zurück.*

KLARA Ich habe gerade
eine Marktlücke entdeckt.
Sommerrollen, Herbstrollen, Winterrollen und
die Vier-Jahreszeiten-Rolle –
CHINESE Das Gedicht:
GOTTFRIED *im Abgehen* Es heißt Gericht, Gericht.
CHINESE Der Garten blüht hell
Den ganzen Tag gesungen
Und du der nach mir rief
Ich liebe dich sehr

Die Rose ist welk
Das Fenster zersprungen
Dein Mund lächelt schief
Ich liebe dich nicht mehr

*Dunkel.*

## 8

*Bei Irene.*

IRENE Gottfried kümmert sich
um das Kind.
Ich,
ich bin zwar da, ich bin zu Hause, ich versorge es,
aber kümmern –
Ich fühle nicht mit ihm,
ich wollte das Kind nicht,
kein Kind von niemand.
Nicht an einen Menschen die Pflicht weitergeben,
leben zu müssen.
Leben müssen,
denn so empfand ich es selbst,
als ich ein Kind war.
Ein Urteil war gesprochen worden über mich,
ohne dass mich einer gefragt hätte,
ins Leben gerufen, ob ich wollte oder nicht.
Das Leben ist an mir zwangsvollstreckt worden,
so dachte ich.
*Pause.*
Immer habe ich die Kinder, die Freunde beneidet,
die morgens schon fröhlich waren;
wahrscheinlich schon vor dem Aufstehen fröhlich,
nicht so wie ich
nur im Traum;
denn mir ging es nur gut,
wenn ich schlief.

*Pause.*

ELISABETH *leise* Lustig ist das
Zigeunerleheben –

IRENE Ich konnte mein Urteil
nur erträglich machen,
indem ich mir äußerste Disziplin auferlegte.
Einen strengen Stundenplan,
ein Tageskorsett,
das mich zum Atmen zwang.
So überlebte ich.
*Pause.*
Gottfried
war eine Sicherheitspolice,
eine Lebensversicherung,
wie ich sie in meinen Eltern nicht,
nicht in Klara, nicht in unserem Bruder,
erst recht nicht, gefunden hatte.
In einer Ehe mit Gottfried
da würde nichts geschehen,
nichts Unvorhersehbares, Aufregendes, Umwälzendes,
und das war eine große Erleichterung
und eine mich entlastende Aussicht.
So würde ich diese ganze Lebensstrecke,
die noch vor mir lag,
in Abschnitte unterteilen und
gleichmäßig bewältigen können.
*Pause.*
Und selbst wenn einmal etwas passierte,
Gottfried wäre in jedem Sturm
ein geprüftes Rettungsfloß.
Aber wenn alles ganz gut ginge,
dann würde gar nichts, gar nichts passieren;
darauf wagte ich gar nicht zu hoffen.
*Pause.*
Am größten war meine Angst davor,
selber einen Menschen zum Leben zu verurteilen;
den Richtspruch, der mich getroffen hatte,

weitergeben zu sollen.
Deshalb wollte ich kein Kind, nie.
Als ich schwanger war,
wollte ich es vor Gottfried verbergen, aber
in einem kurzen, rauschhaften Aufbegehren
und der plötzlichen, irrigen Annahme,
etwas wiedergutmachen zu können
an einem Kind, –
ich weiß gar nicht, woher das kam,
so leichtsinnig –,
da habe ich es ihm gesagt, und
von da an war alles entschieden.
*Pause.*
Ich beobachtete dieses fremde Lebewesen,
ängstlich ohne Unterlass,
auf jedes Anzeichen von Überdruss, Melancholie, Furcht,
Apathie hin,
und es ist nicht schwer zu sehen, was man sehen will.
Meine eigene Unruhe verstärkte sich,
ich glaubte mich außerstande,
dem Kind helfen zu können;
ich erlaubte mir nicht mehr,
mich ihm in irgendeiner seiner Empfindungen zu nähern,
aus Furcht, vor ihnen zu versagen,
und langsam wurden wir uns fremd,
und behielten ein höfliches Verhältnis,
wie entfernte Verwandte,
und das ist bis heute so.
*Pause.*
Und ich verstehe es,
aber ich kann es nicht ändern.
ELISABETH Du wirst
deinen Mann verlassen müssen.

IRENE Ich –
*Lacht.*
Das könnte ich nie.
*Pause.*
Ich kann es nicht ändern,
außer im Schlaf.
*Pause.*
Wie kommst du nur auf die Idee.
*Pause.*
Bin ich dir deswegen nachgegangen,
damit du mir solche Dinge sagst.
ELISABETH Ja.
Und ich habe auf dich gewartet,
ich habe auf dich gewartet an der Ecke vor Tomas' Haus,
damit du mir nachgehen und mich anlächeln kannst,
und damit ich dir sagen kann,
du sollst deinen Mann verlassen,
und du es tun wirst,
und zwar meinetwegen.
IRENE *lacht.*
*Pause.*
Seit Klara bei uns war,
ist Gottfried ganz grüblerisch.
Ich glaube, sie tut ihm leid;
erstens arbeitslos,
zweitens Tomas.
ELISABETH Hast du ihm gesagt,
dass Tomas und ich –
IRENE Ja, warum nicht.
ELISABETH Freut ihr euch dann zusammen
an eurer intakten Ehe, ja.
An eurem scheinheiligen Treueübungsplatz, ja.
Wenn sich irgendwo nur
ein streichholzgroßes Flämmchen entzündet,

oder mal ein bisschen Überdruck aus dem Kochtopf dampft,
ein unschuldiges Anzeichen von etwas Leben,
schaltet sich sofort die automatische Sprinkleranlage ein,
die jede Brandgefahr gründlich beseitigt,
daher der beißende Geruch,
daher dieses tödliche Miasma in der Luft,
das sogar schon aus deinen Kleidern weht.

IRENE Wieso regst du dich so auf,
wir fanden das sehr schmeichelhaft
für dich.

ELISABETH Ihr fandet das schmeichelhaft,
ja, ihr beide –
mit dir wollte ich darüber reden,
nicht mit deinem Mann –

IRENE Na ja, ein Verhältnis mit so einem jungen –,
das ist doch immerhin –
Ich meine,
das ist Pech für Klara,
aber bei dir kann man doch nur sagen,
Respekt vor dem Dampfschiff.

ELISABETH Da gibt es überhaupt nichts zu respektieren,
daran ist überhaupt nichts schmeichelhaft.
Außerdem ist sie bei ihm eingezogen,
sie bei ihm,
es ist sowieso längst vorbei.
Ich habe mich verabschiedet.

IRENE Du bist ja eifersüchtig.

ELISABETH Natürlich bin ich eifersüchtig.
Ich bin überhaupt nicht eifersüchtig,
nein, ich bin nicht eifersüchtig.
*Pause.*
Nicht auf deine Schwester.

IRENE Auf wen denn dann.

*Pause.*

ELISABETH Auf deinen Mann.
*Pause.*
Auf deinen Mann.

*Schweigen.*

ELISABETH Tomas, der weiß nicht, was er will,
und er wird es nie wissen.
Man kann es nicht aus ihm herauslocken.
Er wird sich nie für etwas entscheiden, für jemanden,
und dabei bleiben.
Und er ist nicht einmal
unglücklich dabei.
IRENE Anders als wir.
ELISABETH Anders als du.

*Schweigen.*

IRENE Du erzählst nichts
über deine Vergangenheit.
ELISABETH So alt bin ich nicht,
dass sie interessanter wäre als meine Zukunft.

*Pause.*

IRENE Liebst du Tomas.
ELISABETH Ich liebe niemanden.
Tomas ist ein Zeitvertreib.
IRENE Um Klara
muss einer sich keine Sorgen machen.
Die nimmt sich, was sie braucht.
Jetzt braucht sie eine Wohnung,
und hat dir Tomas wieder weggenommen.

ELISABETH Weggenommen weggenommen,
wie du redest,
ist ja direkt ekelhaft,
wie ein Dreijähriges.
*Macht sie nach*
MamaMamaKlarahatmirmeinSpielzeugweggenommen,
Menschendinge Menschendinge, als ob das eins wär.

*Schweigen.*

IRENE Ich wollte dir etwas erzählen.
ELISABETH Ja.
IRENE Von einem Traum,
den ich in letzter Zeit habe.
ELISABETH Traum, toll.
Das lieb ich ja besonders,
sich Träume erzählen.
Das war schon immer mein Ideal
von einer ausgefüllten Freundschaft.
*Pause.*
Ich höre.
IRENE Vielleicht später.
ELISABETH Du siehst wirklich nur, was du sehen willst.
Und hörst, was du hören willst.
Glaubst du, ich kenne deinen Traum nicht.

*Schweigen.*

ELISABETH Einmal war ich in einem unterirdischen
Wasserspeicher,
einer in den Fels gehauenen Zisterne,
die Decke getragen von Säulen,
und zwischen diesen Säulen
lag ein Steinquader, mehr als einen Meter hoch,

ein Kopf;
er lag verkehrt herum,
das Wasser reichte bis zum Stirnansatz,
und darüber war, verkehrt herum, das Gesicht zu sehen,
das in den Stein gemeißelt war,
abschreckend, eine wulstigböse Fratze,
Schlangen wuchsen anstelle der Haare,
hoben ihre kleinen Köpfe aus dem Wasser,
die Lippen des Geschöpfes grinsten grell.
Wenn man aber wartete,
bis sich die Oberfläche des Wassers beruhigt hatte,
und glatt und kaum bewegt im Kellerlicht lag,
konnte man das Gesicht im Spiegel des Wassers
noch einmal erkennen und anders:
klar und friedlich, beinahe heiter,
die Wangenknochen ein Relief,
ein flaches, breites Gesicht,
das von vorne wirkte wie eine Münze.
Es war der Kopf der Medusa.
*Pause.*
Man sagt, die früheren Besitzer der Zisterne
hätten es nicht gewagt,
den Kopf richtig herum aufzustellen,
aus Angst vor Göttern und Gorgo;
aber sie wussten,
ihr Spiegelbild,
das wahre Antlitz des verkehrten,
fast lächelnd,
konnten sie ansehen,
ohne zu versteinern.

*Schweigen.*

ELISABETH Sieh mich an.
*Schweigen.*
Sieh mich an.
*Schweigen.*
Sieh mich an.
IRENE *tut es.*

# 9

*Klaras Zimmer. Pension Rosa. Schäbig.*

## 9.1

GEORG Hier wohnst du jetzt.
KLARA Man kann es wöchentlich mieten.
Sogar den Preis aushandeln.
Je länger, desto niedriger.
Ein großer Vorteil gegenüber einer Wohnung.
Sobald ich wieder Arbeit habe, bin ich ganz schnell draußen.
GEORG Was in Aussicht.
KLARA Kann nicht mehr lange dauern.
GEORG Schade. Hätte es mit dem Museum geklappt,
wären wir ganz nahe zusammen gewesen.
Ideal für die Mittagspause.
KLARA Vielleicht nächstes Jahr.

*Schweigen.*

KLARA Wenn das Wetter besser wäre,
hätten wir noch spazierengehen können.
Ich gehe gerne in der Nacht spazieren.
GEORG Ich eigentlich weniger.

*Schweigen.*

GEORG Das nächste Mal
können wir auch in ein richtiges Hotel gehen.
KLARA Das nächste Mal –
GEORG Willst du nicht.
KLARA *zuckt die Schultern. Pause.*
Aber Hotel ist doch Hotel.
Es ist dir nicht schön genug.

GEORG Ich liebe diese ranzigen Teppiche,
die synthetischen Überwürfe,
die nach Ungezieferbekämpfung miefen.
Man fühlt sich gleich so verkommen –
Aber hier ist praktisch dein Zuhause.
KLARA Ist es nicht.
*Pause.*
Sollte es mir unangenehm sein, deswegen.
Soll ich nicht aufwachen, hier,
mit einer Erinnerung an dich.
Mich erinnern, wie du den Spiegel berührt hast,
dich an den Tisch gelehnt,
vor dem Fenster gestanden bist.
In diesem Bett gelegen bist, vielleicht.
Sollte ich mich nicht daran erinnern.
GEORG Wenn du das gerne willst.
KLARA Meinst du, das würde mich quälen.
Bist du eingebildet.
Das Erinnern tut nur weh, wenn das Erinnerte zu Ende ist.
Ohne dass man es wollte.
Und man sich bedauern lassen muss, deshalb.
GEORG Na ja, da Hotelzimmer sich ohnehin ähnlich sind,
macht es keinen großen Unterschied.

*Pause.*

KLARA Hast du eigentlich Kinder.
GEORG Nicht dass ich wüsste.
Jedenfalls nicht von meiner Frau.
Ich kann Kinder nicht ausstehen.
Und sie kann keine bekommen.
KLARA Ihr habt euch also ganz gut gefunden.
GEORG Nein, nein haben wir nicht.
KLARA Und warum
kann sie keine Kinder bekommen.

GEORG Klara –
KLARA Ich frag ja nur –
GEORG Du legst es doch nicht etwa darauf an.

*Klara schüttelt den Kopf.*

GEORG Sie hatte eine Entzündung,
Ovarialabszess,
als junges Mädchen,
und ist zu spät ins Krankenhaus.
*Pause.*
Für meine Frau ist Krankheit beinahe so etwas wie
vom Teufel befallen zu sein.
In ihrer Familie
durfte über Krankheit nicht
gesprochen werden.
Bis zum Schweregrad einer Grippe
wurde der Kranke mit Medikamenten versorgt
und ansonsten ignoriert.
Schlimmere Fälle, Masern bis Knochenbrüche,
kamen in das Krankenzimmer
in Quarantäne.
Die Aussichtslosen,
Krebskranke zum Beispiel,
nach der ersten Diagnose ins Krankenhaus
und von da nicht zurück.
Sie durften in Sanatorien ihrem Tod entgegenliegen.
Und da ihnen niemand Mut machte,
blieben sie auch dort und starben.
Kein Befragen von Schmerzen,
kein Austausch von Symptomen,
kein Klagen, kein Auswurf, kein Wimmern, kein Blut.
*Pause.*
Ein vollkommen aseptisches Leben
in diesem Haus.

KLARA Was bist du dann für deine Frau.
Ein Priester, der die Dämonen austreibt.
GEORG Wenn ich mich zu ihr legte,
kam ich mir vor wie Herr Kurtz im Herz der Finsternis,
der sich einen Eingeborenen holen lässt
und schon beim Näherkommen
das Zittern in dessen Augen sehen kann.
Sie erwartete alles von mir.
Wenn ich sie vergewaltigt hätte,
es hätte sie nicht erschreckt.
Blind gläubig, fast eine Heidin.
KLARA Ist sie katholisch.
GEORG *lacht.*

*Pause.*

KLARA Und – hast du –
GEORG Was.
KLARA Sie vergewaltigt.
GEORG *lacht.*
KLARA Und jetzt – schlaft ihr nicht mehr miteinander.
GEORG Ich hatte keine Lust mehr,
mich wie ein Exorzist zu fühlen.
*Pause.*
Oder wie ein Leichenschänder.
*Pause.*
Ich will mich lebendig fühlen.
*Pause.*
So wie bei dir.
KLARA *lacht.*
GEORG Klara, du meine Frischzellenkur, meine Blutwäsche, meine Sauerstofftherapie...

*Dunkel.*

## 9.2

*Mehrere Treffen später. Nachts. Georg zieht sich an.*

KLARA Ich glaube, meinen Bruder hättest du gerne gemocht.
Er war ein bisschen wie du.
Immer gut gelaunt, und immer auf dem Sprung.
Er hat mich dazu verleitet,
gefährliche Sachen zu machen mit ihm.
GEORG Zum Beispiel.
KLARA Zum Beispiel
gab es in der Nähe unseres Hauses einen Staudamm,
und kurz hinter dem Wehr,
an der Stelle, wo das Wasser in einen Kanal abgeleitet wurde,
und sich unterhalb der Staustufe diese dunklen Wirbel bilden,
da führte ein schmaler Eisenträger über das Wasser,
vierkant, kaum breiter als eine Schuhsohle.
Mein Bruder stiftete uns an, da hinüberzubalancieren;
wir würden uns fühlen wie Hochseilartisten,
versprach er uns.
GEORG Und, habt ihr es gemacht.
KLARA Er ist bei jedem Wetter da hinübergegangen,
ein Mutbeweis.
Bei Regen war es natürlich am gefährlichsten.
Ich konnte nicht hinsehen. Niemand sah ihm dann zu.
Und er tat es trotzdem.
Er ging langsam in seinem Regencape mit ausgebreiteten Armen
über den glitschigen Pfeiler, hoch über dem tosenden Wasser,
ein kleiner Ölzeugdrache vor dem Abheben.
GEORG Und du.

KLARA Ich bin auch hinüber.
Nur wir beide haben es gemacht.
Ich und mein Bruder.
Die anderen Kinder sahen uns zu
und waren verlegen.
GEORG Du bist stolz auf ihn.
KLARA Ja. Klar.
GEORG Und was ist aus ihm geworden.
KLARA Tot.
Überdosis. –
Ich vermisse ihn so.
Es ist fast wie ein Phantomschmerz. –
Er hätte sicher eine Idee gehabt für mich,
er wusste immer einen Weg,
er wusste immer, wie es weitergehen sollte.
GEORG Offensichtlich nicht.
KLARA Das war ein Unfall, ein Unfall, ein Unfall,
weil er leichtsinnig war, weil er ohne Maß war, weil er keine Angst hatte, weil er dachte er sei unverletzbar –
weil er sich nicht zufriedengeben wollte mit diesem erstickenden drückenden Alltag so freudlos und ohne jedes – Glück –
GEORG Klara Klara Klara.
Ich helfe dir.
Ich finde dir eine Arbeit.
Ich sage dir, was du tun sollst.
*Pause.*
Schlaf jetzt.
Ich lasse dir ein paar Tabletten hier, zur Beruhigung.

*Dunkel.*

9.3

*Abends. Klara zieht sich aus.*

GEORG Allmählich verstehe ich,
was du an ihm findest.
KLARA Gefunden hast.
GEORG Ein ziemlich hübscher Kerl,
und dabei so weich.
KLARA Er ist nicht so sensibel, wie er scheint.
Nur schwach.
Er weiß nicht, was er will.
Ein Opportunistencharakter.
GEORG Trotzdem mögen wir ihn.
*Pause.*
Du hast doch noch immer etwas für ihn übrig.
KLARA Nicht so viel.
GEORG Gib es zu.
Ich bin nicht eifersüchtig.
Im Gegenteil.
KLARA Wie meinst du das.
GEORG Ihr wart ein schönes Paar,
heute Abend, ihr beiden.
Es ist sehr – anregend,
euch zu beobachten.
Tomas jedenfalls muss sich sogar manchmal räuspern,
wenn er etwas sagt zu dir,
so nervös machst du ihn.
KLARA Das ist das schlechte Gewissen.
GEORG Ist es nicht, und das weißt du genau.
Es macht dir heimlichen Spaß zu sehen,
wie er sich windet.
KLARA Du magst vielleicht so sadistisch sein, ich nicht.
Wolltest du nur deswegen mit uns essen gehen,

um uns zu beobachten und Liebeszeichen zu kontrollieren.
GEORG Ja. Genau.
Und ich muss sagen,
ich finde ihn sehr sympathisch.
Sehr sympathisch.
Und mehr als das.
*Pause.*
Er sieht dich an wie ein
Abhängiger.
KLARA Und du.
GEORG Ich –
ich liebe dich, Klara.
Ich liebe dich.
KLARA Das sagst du zum ersten Mal.
GEORG Ja, ich weiß.
KLARA Ich meine zu mir zum ersten Mal.
GEORG Ja, ich weiß.
KLARA Was soll ich jetzt sagen.
GEORG Ich weiß nicht.

*Schweigen.*

GEORG Klara, – kannst du dir vorstellen,
dass wir Tomas zu uns einladen.
KLARA Zu uns. Was heißt zu uns. Hierher.
GEORG Ja.
KLARA Wozu. Bin ich nicht scharf drauf.
GEORG Ich meine,
in unser Bett einladen.
KLARA Dass wir was –
GEORG Warum nicht.
Wir können uns alle drei gut leiden.
Ich fühle mich zu Tomas auch –
hingezogen.

KLARA Du stehst auf Männer.
GEORG Ich sehe das nicht so
dogmatisch.
Er war dein Liebhaber
und ich bin es jetzt,
eine ideale Fügung.
KLARA Was bist du, ein Voyeur.
GEORG Ein Genießer.
KLARA Auf keinen Fall.
GEORG Sei nicht dumm, Klara.
Du willst doch was erleben.
So eine Gelegenheit kommt vielleicht
nie wieder.
KLARA Warum suchst du dir nicht zwei Fremde.
GEORG Weil ich die Vertrautheit suche
und das Unbekannte darin.
Es ist, wie auf eine Expedition zu gehen.
Mit einer Karte, die andere einmal gezeichnet haben.
Da ist ein Weg eingetragen,
aber man kann nicht sicher sein,
dass er noch existiert und was einen erwartet,
und wie verändert man zurückkommt.

*Pause.*

KLARA Aber Tomas wird nicht mitmachen.
GEORG Er wird.
KLARA Woher kannst du das wissen.
GEORG Ich habe ihn beobachtet.
Vertrau mir.
Er wird.

*Schweigen.*

KLARA Ich glaube, es ist diese Elisabeth.
Mit der er mich betrügt.
GEORG Betrogen hat.
KLARA Ja.
GEORG Und – sieht sie gut aus.
KLARA Sie ist schon – älter.

*Pause.*

GEORG Er ist noch so verliebt in dich.

*Pause.*

KLARA Machst du das mit deiner Frau auch.
GEORG Niemals.
KLARA Warum nicht.
GEORG Sie hat keine Männerbekanntschaften.

*Schweigen.*

GEORG Hast du eigentlich schon eine Antwort bekommen.
KLARA Nur Absagen.
GEORG Was ist mit dem Arbeitsamt.
KLARA Geh ich nicht mehr hin.
GEORG Warum nicht.
KLARA Ein unangenehmer Mitarbeiter.
GEORG Und die Umschulung.
Klara, ich leg dir Geld in die Schublade,
das wird für nächste Woche reichen.

*Schweigen.*

GEORG Ich glaube im übrigen,
meine Frau hat einen Verdacht.

KLARA Und –
GEORG Ich konnte ihn ihr ausreden.
*Pause.*
Heilige Jungfrau, die kann vielleicht Szenen machen.
Und mein Schwiegervater
nebenan im Wohnzimmer.
Äußerst unangenehm.

*Pause.*

KLARA Du, Georg.
GEORG Hm.
KLARA Du würdest dich nicht scheiden lassen, oder.
GEORG *lacht und schüttelt den Kopf.*
KLARA Wieso eigentlich nicht.
GEORG Aber Klara, weil ich sie liebe.

## 10

*Tomas, in Klaras Hotelzimmer, wartet auf sie.*

TOMAS Eine Überraschung.
*Pause.*
Was kann das schon für eine Überraschung sein.
*Pause.*
Ich verdiene keine Überraschung.
Du bist immer noch freundlich zu mir.
Während Elisabeth, also die Frau, mit der ich –
weißt du, sie ist eine, eine, eine alternde
Ex-Biologielehrerin im Vorruhestand,
eine Frührentnerin,
das sagt doch schon alles,
nie verheiratet gewesen,
das kommt noch dazu –
nein ich will sie jetzt nicht schlecht machen,
aber sie jedenfalls schneidet mich.
Sie kennt mich nicht mehr.
Du, du bist immer noch freundlich zu mir.
Das ist der Unterschied.
*Pause.*
Verlassen habt ihr mich allerdings beide.
*Pause.*
Vielleicht,
wenn ihr euch kennenlernen würdet,
würdet ihr euch ganz gut verstehen.
*Pause.*
Das Zimmer ist ja schon Überraschung genug.
Ein Raum, ein wohnlicher,
möchte doch so beschaffen sein,
dass sich das Auge darin ausruhen kann,
mit einer gewissen Befriedigung

darin umherschweifen und ausruhen,
ein optischer Wohnraumerholungseffekt sozusagen.
In so einem Wohnraum sollten sich folglich
vor allem solche Dinge befinden,
auf die sich das Auge
mit einigem Wohlgefallen
betrachterisch niederlassen kann.
In diesem Raum
möchte man eigentlich am liebsten
beide Augen schließen.
Nicht einmal als Trödler
kann ich in diesen Gegenständen
einen Gewinn sehen.
Nicht praktisch
und von der Ästhetik
ganz zu schweigen.
*Schweigen.*
Klara.
*Pause.*
Ich bin eigentlich gar nichts.
Nicht einmal als Trödler
habe ich irgendeinen Wert.
Ich bin niemand. Nichts. Niemand.
Klein geschrieben.
Ein klein geschriebener niemand.
Dabei kommen meine Vorfahren aus Ungarn.
Meine Großeltern sind aus Ungarn eingewandert,
und mein Vater, selbst ein in Österreich gebürtiger Ungar,
ist sogar nach Hódmezövasarhely gereist,
extra,
um sich von dort eine in Ungarn gebürtige Ungarin zu holen,
weil von dort die Gänse kommen,
die berühmten Gänse für die berühmte Gänseleberpastete,
und die Mädchen von dort müssen sehr kräftig sein,

um die widerspenstigen würgenden Gänse zu stopfen.
Mein Vater dachte,
ein Mädchen mit Oberarmmuskeln
wie ein Gewichtheber und harten Fingern,
das mit einem widerwilligen Gänsehals fertig wird,
würde auch gegen ihn antreten können.
Denn mein Vater betrachtete sich selbst als
starrköpfig, starrhälsig.
Ich bin nicht nach ihm geschlagen.
Für meinen Charakter
hat das Gänsestopfen nichts gebracht.
*Pause.*
Und tatsächlich
hat mein Vater meine Mutter
in einer Kirche kennengelernt.
Na ja, eher eine Kapelle.
Sie hat Gänse gehütet
in einer verfallenen Kapelle
in der Gegend von Kiskunfélegyháza.
Ganz genau genommen
war es sogar nur eine Ruine,
nicht weit von Jakabszállás;
der Himmel war das Dach,
roter Mohn legte einen Teppich aus.
Na, schön romantisch.
Sie haben sich kennengelernt
in der Ruine,
nach und nach,
und die Gänse haben sie bewacht.
Ich bin in einer Ruine
gezeugt worden.
Daher meine Vorliebe für Trödel
und meine schlechten Zähne.
*Schweigen.*

Ich bin allein.
*Pause.*
Klara.
Ich möchte, dass du mir verzeihst.
Es stimmt, du bist wie eine
Schwester für mich.
Das ist nichts Schlechtes.
Für seine Schwester
hat man auch ein zärtliches Gefühl.
Man möchte ihr nicht weh tun,
man möchte sie beschützen.
*Pause.*
Manchmal denke ich,
ich mache viele Sachen nur,
damit mir hinterher einer verzeiht.
*Pause.*
Aber meistens kommt es ganz anders.

*Auftritt Klara und Georg.*

## 11

*Klaras Hotelzimmer. Klara, Georg, Tomas.*

KLARA Einen Moment lang ist es ganz ruhig. Wir sitzen nur da, ich in der Mitte, und unsere Hände liegen aufeinander, als wären wir Kinder, die sich vor einem Meer verirrten und nun ratlos auf die endlose Ebene der Wellen sehen. Es ist still. Also gut, denke ich, dann tue ich es jetzt. Etwas, was ich noch nie getan habe. Und es ist wie eine zufällige Fügung. Das heißt, es ergibt sich so, und es könnte eine Absicht sein. Das heißt, ich müsste es auch nicht tun, ich könnte es verhindern. Es liegt jetzt an mir. Liegt es an mir?
Ich sehe zu Tomas, der mit seinen langgewordenen Haaren ein bisschen wirkt wie ein Mädchen. Das macht es mir nicht gerade leichter. Ich beuge mich zu ihm hinüber und küsse ihn, rasch. Das ist mein Abschied, Tomas. Das ist mein letztes Mal, bei dem ich dich betrüge, so wie du es mir voraus getan hast. Aber du wirst mir zusehen müssen, ich hoffe, das brennt. Ich lache wieder, aber diesmal können sie es nicht sehen, so gut verstecke ich das Lachen innen in meinem Mund, dass es ja nicht aus mir herausgehüpft kommt, ganz mir soll es gehören, ich schlucke es hinunter, und da, in meinem Brustkorb, springt es auf dem Zwerchfell herum wie auf einem Trampolin. Es kommt gar nicht auf das Gefühl an; da habe ich so lange gedacht, das sei es schließlich, was alles möglich macht, mein Gefühl, was für ein Irrtum, es ist viel leichter, nur nach Entschlüssen zu leben, und das Gefühl wird sich beugen. Gefüühl, wie ich dieses Wort hasse. Ich lache. Diesmal laut. Das erschreckt sie. Georg macht kleine harte Augen, er wartet meine Entscheidung ab, er ist sich noch nicht sicher, was ich tun werde, er würde mich gerne zwingen, er würde mich gerne gefügig machen, ich sehe es ihm an, wie er sich anstrengt, mich seinen Willen spüren zu

lassen. Er ist dumm, ich empfinde schon nichts mehr für ihn als Taubheit, das Lachen in meinem Brustkorb füllt mich mit Taubheit, er weiß nicht, dass ich allein es in der Hand habe, dass ich nichts ihm zuliebe tun werde, dass ich ihn benutzen werde. Ich werde die Augen zumachen und seine Lust aus ihm herauslocken, und wenn ich sie öffne, werde ich seine selbstvergessenen Züge vor mir sehen, die mich weich ansehen, bittend, weil sie von meinen Bewegungen, von meinen Lauten abhängen. Ich werde wissen, wie weit ich gehen kann, wozu ich fähig bin, kalten Herzens, das werde ich dir verdanken.

Gefüühl, ich werde es ganz langsam sterben lassen mit ihrer Hilfe und nicht darüber erschrecken, wie wenig es schmerzt.

Meine Zartheit aber wird Tomas gehören, auch wenn ich ihn nicht mehr liebe, all meine Sanftmut, derer ich fähig bin. Weil ich ihn nicht mehr liebe, werde ich ihm ein letztes Mal geben, was er verliert. Ihm, dem jüngsten, dem geschmeidigsten, dem feigsten und falschesten von uns dreien; ihm, der Georg verachtet und beneidet um der Skrupel willen, die er, Georg, nicht hat, die er aber in aufbrausendem Temperament behaupten und für sich geltend machen kann. Tomas wird Georg lieben und anhimmeln für das, was ähnlich an ihnen ist, ihr gefällig gemachtes Aussehen, das Eitle in dem, wie sie sprechen, die Sehnsucht danach, dass die Tage voller Bewegung, voller Schönheit und Überraschung nie aufhören mögen, dass sie nie mehr schlafen müssten. Nach dieser Nacht wird auch Georg aufgehört haben, mich zu lieben, und für Tomas werde ich endgültig in die Abgründe der Vergangenheit gestürzt sein...

## 12

*Klara und Irene im Park des Krankenhauses.*

KLARA Jetzt sag schon.
Du hast mich herbestellt.
Warum.
Bist du krank.
IRENE Ich muss dir jemand vorstellen.
KLARA Du mir.
IRENE Bitte –
Du kennst die Person schon.
Aber du weißt nicht alles.
Bitte –
Lass uns auf sie warten.

*Pause.*

KLARA Jemand vom Personal.
IRENE Eine Patientin.
*Pause.*
Bitte –
Reg dich nicht auf.
Sie hat gerade eine
komplikationsreiche Gallensteinoperation
hinter sich.
KLARA Sie.
IRENE Ja.
Du – du hast
diesen Kinderbetreuungsjob aufgegeben.
Warum.
KLARA Will ich jetzt nicht drüber reden.
IRENE Wieso.
KLARA Ich hab dir gesagt,

dass ich das nicht kann.
Abgesehen davon,
dass es nicht zum Leben reicht.
IRENE Ein paar Augen sind es auch.

*Schweigen.*

KLARA Ich glaube, ich habe dem Kind weh getan.
Ich glaube, ich habe es verletzt.
Unabsichtlich. Nicht schlimm. Aber trotzdem.
Es hat geweint, und ich habe ihm seine Milch heiß gemacht,
und dann habe ich sie ihm in der Flasche gegeben,
aber plötzlich ein Zucken und Aufheulen,
und ich, ich habe gar nicht gemerkt –
ich glaube, die Milch war viel zu heiß,
sie muss viel zu heiß gewesen sein,
ich habe die Kehle des Kindes verbrannt,
und ich hatte nicht daran gedacht,
ich hatte einfach nicht daran gedacht,
und da wurde mir klar,
dass ich das auf keinen Fall weiter –
ist dir das auch schon passiert-

*Auftritt Elisabeth. Im Morgenmantel.*

IRENE Dafür hat man doch den Handrücken. Nein.
Klara, du bist völlig verantwortungslos.
Immer schon gewesen. Irgendwann wird das schiefgehen.
Da ist sie ja. Die arme Galle.
ELISABETH Vielmehr die Frau ohne Galle.
Ganz und gar ohne Galle. Leider.
Ich kann Sie verstehen.
Kinder sind der Horror.
KLARA In Ihrem Alter
besteht ja glücklicherweise

keine Gefahr mehr,
dass Sie die Welt mit Kindern
verseuchen.

ELISABETH Ich hatte genug damit zu tun,
die Kinder fremder Eltern
zurechtzubiegen.

KLARA Zurechtzubiegen.
Ganz die eiserne Hand des Lehrkörpers, wie.
Ich dachte, so was wie Sie
wäre vom Aussterben bedroht;
soll man jetzt Artenschutz beantragen
oder lieber der Natur ihren Lauf lassen.
*Zu Irene.*
Was willst du von mir.

IRENE Ich trenne mich von Gottfried.
Zum Monatsende zieh ich aus.
Und ich ich ich
ja
ich werde mit Elisabeth zusammenleben.

*Schweigen.*

KLARA Du –
*Pause.*
Ihr beide habt ja einen biegsamen Geschmack.
Man nimmts wies kommt, wie.
*Zu Irene.* Hat sich deine MTA-Ausbildung
doch noch gelohnt.
Scheint ja ein echter Pflegebedarf zu bestehen.
*Zu Elisabeth.*
Rentenalter schon erreicht;
von nun an gehts bergab
ins kühle feuchte Grab.

ELISABETH Es war nur ein Gallenstein.
Ein winziger Gallenstein.
Das ist überhaupt keine Frage des Alters,
es gibt siebzehnjährige Befallene,
die lassen sich ihren herausoperierten Gallenstein
in Gießharz einbetten,
und nehmen ihn mit nach Hause
als Briefbeschwerer,
zur Erinnerung an die Vergänglichkeit
der eigenen inneren Organe,
und stellen ihn auf den Schreibtisch,
in eine Reihe mit dem Nierenstein, dem Blinddarm,
dem ein oder anderen in Gold gefassten Weisheitszahn;
das ist keine Frage des Alters,
das ist eine Frage der persönlichen Veranlagung
und der allgemeinen Verfassung.
Und vor allen Dingen eine Frage
der Geisteseinstellung.
Ich für mein Teil möchte nicht
Auge in Auge
mit den Einzelbestandteilen meiner Person
an einem Tisch sitzen;
ich würde mir irgendwie
aufgelöst vorkommen,
dissoziiert, ja,
so ein bisschen multipel sogar.
Aber diese Gießharzkugeln können sowieso
nur hergestellt werden,
falls die Schmerzsteine nicht
wie in meinem Fall
mit dem Ultraschallhammer zertrümmert wurden,
oder zu Staub gelasert,
und sich aus eigener Kraft aus dem Körper
hinaus- und in die Kanalisation spülen.

Aber ganz sicher ist,
dass man auch ohne irgendein inneres
biologisch-organisches Echtheitszertifikat
über hundert Jahre alt werden kann,
auch mit einer Plastikhüfte, einem Gummidarm und
sogar mit einem Kunstherzen.
Man muss das Älterwerden nur trainieren;
da bekomme ich zum Beispiel im Restaurant
einen Seniorenteller vorgesetzt,
ist euch schon mal aufgefallen,
dass ein Seniorenteller praktisch identisch ist
mit dem Kinderteller,
stellt euch diese Demütigung vor,
nein, ist es gar nicht,
ist ein Teil des Trainings,
wer den Seniorenteller überlebt,
überlebt alles.
Von dieser Würde,
meine liebe Klara,
können Sie nur träumen.

IRENE Und apropos.
Ich
werde tatsächlich wieder
arbeiten.

*Pause.*

KLARA Als was.

IRENE Im Freizeitpark.
Die Souvenirhandlung suchte
eine Verkäuferin.

KLARA Und die haben dich
genommen.

IRENE Leitende Verkaufsangestellte.
Schon ist ein Anfang gemacht.
KLARA Und Carola.
IRENE Soll schön bei Gottfried bleiben.
KLARA *zu Elisabeth*
Da haben Sie aber nochmal
Schwein gehabt.
Kein Kind kommt mit in die Ehe.
ELISABETH Sie können mich duzen und
»meine Schwägerin« nennen.
KLARA Hättest du dir nicht
eine etwas weniger geschmacklose
Freundin aussuchen können.
*Zu Elisabeth.*
Sie arrogantes kleines Arschloch
brauchen nicht vor lauter überquellendem Stolz
ihre ordinäre Brust herauszudrücken,
weil Sie die Familie meiner Schwester ruiniert haben.
ELISABETH Ein bisschen dankbarer
könnten Sie mir schon sein.
Ihnen habe ich doch immerhin
einen Gefallen getan.

*Auftritt Tomas, heruntergekommen und übernächtigt, mit Blumen.*

KLARA Einen Gefallen.
Weil Sie mich betrogen haben.
Was soll das denn bedeuten.

ELISABETH Na – betrogen –
befreit –
Ich habe Sie von Ihrem Geliebten befreit.
Ein grauenhaft anhänglicher Köter.

TOMAS Elisabeth Elisabeth ich habe dich die ganze Nacht gesucht und die Nacht davor und alle die Tage und Nächte...

ELISABETH Was Sie allerdings
daraus gemacht haben,
ist Ihr Problem.
*Sie geht schnell weg, um nicht auf Tomas zu treffen.*

TOMAS *ihr hinterher* Elisabeth Elisabeth ich liebe dich Elisabeth ich habe auf dich gewartet –

IRENE *ihr auch hinterher, zu Klara*
Jetzt weißt dus.

KLARA *allein* Armer Gottfried.

## 13

*Bank, Park in der Gegend des Museums. Klara allein.*

KLARA Ich ich ich ich ich ich ich ich ich ich ich ich ich ich versuche ich zu sagen die ganze Zeit

*Pause.*

War im Naturhistorischen Museum und habe mir die Missgeburten angesehen. Siamesische Zwillinge, ein Kopf zwei Leiber, zwei Köpfe ein Leib, ein Rumpf ein Kopf zwei Gliedmaßen, Wasserköpfe, Föten halb Fisch halb Mensch, Embryos mit Fell mit Maulwurfshänden mit Drachenschwanz mit offenem Rücken sogar ein Zyklop war dabei und, könntest du sie hören, mit der Stimme einer Katze. *Pause.* Habe darauf gewartet. Habe darauf gewartet, sie zu hören. Dass sie sich bewegen, ihre verwachsenen Finger beugen, die blinden Augen drehen, ein Zeichen geben, gegen das Glas klopfen, das Formalin teilen, die Einweckgläser in denen sie wie totes Gemüse sauer stecken, zersprengen. Nichts. Es bleibt alles ruhig. Nichts bewegt sich. *Pause.* Das Klopfen des eigenen Herzens, das Atmen, das Rauschen des eigenen Blutes in den eigenen Adern das einzige Geräusch.

Ich.

Habe auf eine Antwort gewartet. Was soll werden. Was soll ich tun. Vergeblich.

Ein Kind von zwei Vätern. Habe ich mir dann gedacht. Das wird hübsch werden. Es hat von uns dreien je das Beste. Das einzige, was es von anderen seiner Art unterscheidet, wird sein: es wird mit zwei Herzen geboren werden. Wenn ich nach ihm lausche, höre ich einmal das eine einmal das andere Herz schlagen, einmal das helle schnellere, einmal das dunkle langsame Herz. Ein Tagherz und ein Nachtherz. Das kann im Leben ein Vorteil sein. Später. Nicht.

*Der Chinese, der Klara zugehört hat, kommt näher.*

CHINESE Frau. Haben Fieber. Ich bringe Sie nach Hause.
KLARA Nach Hause.
CHINESE Wo wohnen Sie.
KLARA Pension Rosa.
CHINESE Gehen wir.
KLARA Wenn ich sterbe, möchte ich verbrannt werden.
Wenn das Kind stirbt, soll es auch verbrannt werden.
Es ist kein Platz mehr für Gräber. Es ist zu dunkel und zu kalt.
CHINESE Wieso sollten Sie sterben.
KLARA Ja. Es geht nur so: das Kind oder wir beide.
Wie auch immer. Es wird allen recht geschehen.
CHINESE Ich begleite Sie.
KLARA Wie lange. Für immer. Wohin. Das wird ein langer Schlaf.
CHINESE Bis zum Ende.
Ich bleibe bei Ihnen.
*Pause.*
Ich war einmal Totengräber.
Früher. In meinem Land.
Deshalb gehe ich gern
um die Mauern spazieren.
Beruhigt Sie das.
KLARA Ja.
Erzählen Sie. Von früher.
Als die Menschen in weißen Hemden nach Hause gingen.
Und vom Weihrauch und dem Öl des Priesters begleitet wurden.
Gesalbt in die Bewusstlosigkeit.
CHINESE Auch ich habe meine Arbeit verloren.
Weil sich die Menschen nicht mehr begraben lassen.
Wie Sie.

Mehr und öfter sehnen sie sich nach sauberen Rückständen,
platzsparend und hygienisch.
Die Krematorien müssen neue Öfen bauen.
Da brauchen sie mich nicht mehr, um Gräber auszuheben,
sie brauchen Maurer, um die Urnennischen zu mauern,
und Heizungstechniker.
Ein nicht ungefährlicher Beruf.
Früher stürzte manchmal einer von uns
in die frische Grube,
weil es regnete und er auf dem glatten Wrasen rutschte,
weil er betrunken war oder kurzsichtig;
heute fliegen manche in die Luft,
weil ein Herzschrittmacher im Ofen explodiert.
*Pause.*
Totengräber ist ein trauriger Beruf geworden.
Jetzt ehren wir die Toten nicht mehr,
nicht mehr, indem wir ihnen mitgeben,
woran ihr Herz hängt.
Einen Ring, ein Amulett, ein Bild, eine Puppe, einen Krug.
Sondern wir weiden sie aus
und entreißen ihnen, was sie am Leben hielt;
die Herzmaschine muss aus ihnen
herausgeschnitten werden,
damit sie die Verbrennungsmaschine
nicht in Gefahr bringe.

KLARA Ich ich ich ich aber möchte auch verbrannt werden.
*Pause.*
Ja eine saubere Sache.
*Pause.*
Dagegen ist nichts zu sagen.

*Schweigen.*

KLARA Aber dann,
dann soll meine Asche
zu kleinen Kugeln gepresst werden.
Kleine Kugeln
nicht ganz regelmäßiger Form und Größe.
Die grün schimmern.
Grün wie untiefes Meer,
grün wie das Fleisch von Kakteen,
grün wie die Luft
durch ein Flaschenglas gesehen.
Daraus wird man eine Kette machen,
und das Kind, das ich nie gehabt habe,
soll sie tragen.
Versprechen Sie mir das –

## 14

*Klara allein, auf der Straße, vor einem Parkstück. Ein Fremder kommt, wartet eine Weile, gesellt sich dann zu ihr.*

FREMDER Ich habe auch nichts zu tun.

*Schweigen.*

KLARA Ich schon.

*Schweigen.*

FREMDER Ach so. *Pause.* Sind Sie –
KLARA Ich bin genau das, was Sie denken.

*Schweigen.*

FREMDER Ja dann.
KLARA Ja.
FREMDER Dann also.

*Sie gehen.*

## 15

*Klaras Pension.*

GOTTFRIED Hier.
Achtundsechzigtausendvierhundertsiebenundzwanzig
Mark und sechzig Pfennig.
Bar auf die Hand.
Ich habs geschafft, ich.
Wie du es dir gewünscht hast.
KLARA Achtundsechzigtausend –
GOTTFRIED – vierhundertsiebenundzwanzig, ja, na ja, rund.
Du wolltest es doch bar.
KLARA Schon.
GOTTFRIED Was ist.
Ist es nicht genug.
KLARA Irgendwo neu anfangen
kann man damit nicht gerade.
GOTTFRIED Wolltest du das denn.
KLARA Ich weiß nicht.
GOTTFRIED Ich finde, achtundsechzigtausenvierhundertsieben-
undzwanzig,
das ist eine ganze Menge.
Und wenn du es richtig anstellst,
eine verdammt ganze Menge.
Beim Geld gibt es außerdem
eine Vermehrung aus sich heraus.
Und das, das ist schon ungefähr mindestens
eine halbe Eigentumswohnung.
KLARA In Niederbayern vielleicht.
GOTTFRIED Also mehr war wirklich nicht drin
in der Zeit.
KLARA Die ganze Lügerei und Fälscherei und Täuscherei
für achtundsechzigtausend.

Dann hättest du auch gleich
für eine halbe Million lügen können,
könnt ich auch nicht zurückzahlen,
aber hätt ich wenigstens abhauen können damit.

GOTTFRIED Das ist doch nicht dein Kredit.
Überhaupt kein Kredit.
Ich habe es einfach unterschlagen. Na, einfach war es nicht. –

KLARA Gestohlen –

GOTTFRIED Ja. Und das ist erst der Anfang.
Ich bin erst ganz am Anfang.
Aber die werden sich noch wundern.

KLARA Du riskierst deinen Job
und knobelst einen Betrug aus,
wegen mickriger Achtundsechtzigtausend.
Weißt du, wie lange man zu zweit davon leben kann.

GOTTFRIED Für dich allein Klara,
es ist alles für dich.
Das schafft dich aus dem Gröbsten raus.

KLARA Was glaubst du eigentlich.
Dass du der Robin Hood
des Bankgewerbes bist oder was.

GOTTFRIED Du musst dir keine Sorgen machen.
Der Deal ist total abgesichert. Die finden das nie raus.

KLARA Gottfried, ich will das nicht.

GOTTFRIED Du musst ja nicht gleich alles ausgeben.
Kannst ja erst mal einen Teil sparen.
Und das ist erst der Anfang.
Klara, wolltest du das, wolltest du weg.
Weil, ich würde wegggehen mit dir, jederzeit.
Du musst es nur sagen. Es liegt an dir.

KLARA Wohin.

GOTTFRIED Afrika vielleicht.
Eine schöne Rundreise.

Und dann, einmal etwas Gefährliches erleben,
etwas Aufregendes.
Wir könnten eine Safari machen
im Nationalpark. –

KLARA Und dann.

GOTTFRIED Dann, so weit denke ich nicht.
Ich habe meine Zukunftsplanungen
hinter mich geworfen;
mühsam habe ich mir meine ursprüngliche
Spontaneität zurückerobert.
Den Ungesichertheiten der neuen Tage
werde ich mit –
mit Zuversicht und Kampfeslust begegnen.
Das Herz des Feindes essen.
Schon so spät.
Ich würde das Geld nicht unterm Bett verstecken,
die Putzfrau könnte es finden.

KLARA Gibts hier nicht.

GOTTFRIED Aber Einbrecher vielleicht.
Bis bald.

## 16

*Klara allein.*
*Sie nagelt das Herz an die Wand.*
*Dann macht sie ein Postpaket aus den Geldbündeln und schreibt darauf Für den namenlosen Chinesen, stellt es gut sichtbar auf den Tisch.*

KLARA *schreibt* Jetzt
jetzt könnt ihr mich haben
für ganz umsonst
mich und mein Kind
stelle ich hiermit als einmalige Einheit
der Wissenschaft zu Verfügung
der medizinischen Forschung
Ich bin für alles zu gebrauchen
Embryonalzellentnahme
Genpräparierung Organtransplantation Gewebespende
Ich bin sehr anfällig
Ich würde sicher schnell
zu den schwerstkranken völlig aussichtslosen Fällen zählen
damit mein Leben
nicht umsonst gewesen ist

*Sie steckt den Brief in einen Umschlag, heftet ihn ebenfalls an die Wand. Schreibt darüber:* Gebrauchsanweisung. Nach meinem Tod zu öffnen.
*Dann setzt sie sich auf das Bett, nimmt Tabletten, schläft ein.*

## 17

*Vor Klaras Tür. Der Chinese horcht und klopft.*

CHINESE Klara, Klara, Frau, bist du zu Hause –

*Er horcht wieder, öffnet die Tür, weckt Klara auf.*
*Das Herz an der Wand beginnt zaghaft zu blinken.*

* * *

# Anna und Martha

PERSONEN

ANNA, genannt Nani; Schneiderin; klein, korpulent, stark kurzsichtig.
MARTHA, Köchin; ehemals groß und stattlich; aufgrund eines Hüftleidens bewegt sie sich entweder mit Stock oder im Rollstuhl vorwärts.
XANA, sprich Schana; Putzfrau; kommt aus einem Ausland; sehr bleich und stumm.
MEIER LUDWIG, dargestellt von seinem Hund; Chauffeur.

Anna und Martha sind etwa gleichaltrig und befinden sich weit jenseits einer Rentengrenze, ebenso Meier Ludwig.
Xana ist deutlicher jünger als die vorgenannten, vermutlich um die 40.
Die Rollen von Anna und Martha können auch von jungen Frauen übernommen werden, die das Alter spielen können, oder von Männern.

ORT:
Kahler Raum. Schäbig und spärlich möbliert. Auf einer Seite eine Tiefkühltruhe. Im Hintergrund das Karosserie-Skelett eines Autos, anfangs mit einer Plane zugedeckt.

ZEIT:
Das Stück spielt in den letzten Jahren der Gegenwart.

*Eine Hommage an die Steiner Anna † und die Kraus Martha †*

*Da schickte der Herr eine große Lähmung über Martha. Sieben Tage und sieben Nächte war sie ins Bett geworfen und konnte nicht ein Fingerglied rühren. Am achten Tag hob der Herr die Lähmung auf und trat Martha gegenüber. Und Martha forderte ihn heraus, sie trat, biss, kratzte ihn, warf nach ihm mit Gegenständen und schlug auf ihn ein, bis der Herr sagte: Nun ist aber gut. Nichts ist gut, sagte Martha, es sei denn – Es sei denn was, sagte der Herr. Es sei denn, du segnest mich. Kommt nicht in Frage, sagte der Herr, und Martha stürzte sich erneut in den Kampf. Da schleuderte der Herr sie zur Seite, dass Martha stöhnend liegen blieb, ihre Nase blutet, das Auge ist unterlaufen. Jetzt erst recht, schrie Martha, jetzt erst recht werde ich nicht aufgeben, und klammerte sich weiter mit all ihrer Kraft an den Herrn, der an ihren Fäusten riss, um sie von sich loszumachen. Segne mich, schrie Martha, der Herr versuchte davonzulaufen, Martha hinter sich her schleifend, segne mich oder du wirst mich nie los, der Herr schwitzt, seine Kleider sind zerrissen. Hilfe, ruft der Herr, Hilfe. Ein Schwert fällt vom Himmel, aber nicht für Martha, für den Herrn. Er hebt es auf und schwingt es über Marthas Haupt. Segne mich schon, segne mich, du sollst mich segnen, du dummes blödes Arschloch, der Herr hebt das Schwert warnend, wie viel Schmerz muss ich dir noch zufügen, wie weh muss ich dir noch tun. Marthas Antwort, segne mich du Schlappschwanz, der Herr lässt das Schwert niedersausen auf ihre Hüfte. Sie hört noch das Krachen des Knochens, dann liegt Martha im Staub. Der Herr macht sich davon.*

1.

*Anna, Martha. Anna hat das Bild ihres Sohnes bei sich, in einer aufklappbaren Plastikhülle. Schweigen. Das Brummen der Tiefkühltruhe.*

ANNA Die Zeit vergeht.
Die Zeit vergeht heute wieder
überhaupt nicht.
*Pause. Ungeduldig.*
Was jetzt,
was jetzt.
Erst bestellt sie einen hierher,
und dann lässt sie mich warten,
stundenlang.
*Pause. Geht zur Tiefkühltruhe.*
Stundenlang.
Erst lässt sie mich abholen
und hierherfahren,
und schnell genug
kann es nicht gehen,
damit mir ja schlecht wird
beim Autofahren.
Und dann lässt sie mich warten.
*Pause. Stellt vorsichtig das Bild ihres Sohnes auf die Truhe.*
Eine Bosheit trägt diese Frau
in sich herum,
man möchte meinen,
die Bosheit müsste ihr das Herz abdrücken.
Aber das ist natürlich ein Irrglaube,
und das Gegenteil ist wahr,
gerade die bösen Leut sterben ja
zu allerletzt;
sie ernähren sich von der Bosheit

einerseits, und andererseits
gibt ihnen die Bosheit so eine zähe Haut,
zäh wie ein imprägnierter Regenmantel,
und an dieser Bosheitsaußenhaut
lassen sie dann alles an sich hinunter
und in den Gulli hinein laufen,
was irgendwie unangenehm ist
für sie,
und unangenehm ist praktisch alles,
das ganze Leben ist von vorneherein eine Zumutung
für einen boshaften Menschen.
Aber je bösartiger, desto länger leben sie;
die Bösartigkeit scheint geradezu eine Garantie zu sein
für ein langes Leben.
Aber das darf ich in diesem Haus ja nicht laut sagen,
weil ich sonst sofort vor die Tür gesetzt werden würde,
hinausgeworfen und
nicht mehr hereingelassen.
Weil ich dieser Person
meine Arbeit verdanke
und ich meine Arbeit nicht verlieren will,
halte ich den Mund.
Aber leise sage ich es manchmal
zu mir selber,
und gedacht habe ich es
die ganzen Jahre über.
Die Frau Bierbaum
und die Bosheit
sind siamesische Zwillinge.
*Sie steckt das Foto wieder ein.*

2.

MARTHA Früher oder später werden sie kommen. Ich bin nicht darauf vorbereitet. Denn ich habe keine Ahnung, wie ich mich vorbereiten könnte. Sie ist uns zerbrochen, die Zeit. Wir haben versucht, sie einzufrieren. Ob uns das auf Dauer gelingen kann, ist fraglich. *Pause.*

Was ich sagen werde. Ich werde sagen, die Frau ist eine Verbrecherin. Warum. *Pause.* Es ist so, sie gibt keinem Menschen Arbeit. *Pause.* Sie werden das nicht verstehen, werde ich sagen, wenn Sie mich fragen werden. Sie werden sagen, was erzählen Sie, sie gibt keinem Menschen Arbeit, waren Sie nicht jahrzehntelang bei ihr Köchin, und ihre Kollegin Anna, hat sie nicht mehr als vierzig Jahre lang als Näherin in ihrem Haus gearbeitet, und was ist mit der Putzfrau, die eingestellt ist seit immerhin, warten Sie, Sie werden in Ihrer Akte blättern und keinen Eintrag finden, denn die Putzfrau ist eine schwarze Putzfrau, Sie übersehen das großzügig, und dann ist da noch der Chauffeur, ein gewisser Meier Ludwig, seit ebenfalls knapp vierzig Jahren, um nur die Privat-Angestellten zu nennen, ich rede nur über die Privat-Angestellten, nicht über die Arbeiter in der Brauerei.

*Schweigen.*

Dann werde ich Ihnen sagen, nehmen Sie einen Schuhputzer. Hat ein Schuhputzer Arbeit oder hat er keine Arbeit. Sie werden sagen, das kommt darauf an, ob einer die Straße herunterkommt und an sich hinabsieht und bemerkt, dass seine Schuhe schmutzig sind, und ob der Schuhputzer schlau genau in dem Augenblick seine gute Spucke parat hat und schon das Leder wichst, in dem der Mann einen unglücklichen Gedanken hat darüber, was ihm mit seinen kotigen Schuhen schief gehen könnte den ganzen Tag lang. Nicht ein Schatten darf über seine Pläne fallen, nur dann wird die Hand des Schuhputzers beinahe zu klein sein für den Schein

des Herrn, großzügig aus der Brusttasche genommen, nicht aus der Hose, wo nur das Kleingeld klingelt. Schnell muss das gehen, schnell musst du sein als Schuhputzer.
Und was tust du, wenn es nicht regnet, die Straße nicht voll Schlamm ist, kein Schnee, kein Staub, oder es ist so heiß, dass alle am Strand sind und barfuß gehen, oder die Mode wechselt, jeder trägt Turnschuhe und steckt sie in die Waschmaschine.
*Pause.*
Sie sind immer noch nicht zufrieden mit meiner Antwort. Was hat das mit dieser Frau zu tun. *Pause.* Das ist doch einfach, sage ich: wie der Schuhputzer hoffen wir, dass sie in der Nähe bleibt und jeden Tag aufs neue dreckige Schuhe hat. Ist das Arbeit. Das ist keine Arbeit. Das ist ein Dienst.
*Pause.*
Meine Meinung.
*Pause.*
Sie erweist uns eine Gnade.
Deshalb nenne ich sie Verbrecherin.
*Schweigen.*
Die Frau, sie war früher eine Hure. Bevor sie den Herrn und die Brauerei geheiratet hat. Es ist so lange her, dass es einleuchtet, wenn niemand sich daran erinnern kann. Jetzt sieht sie edel aus, in den Kleidern, die die Frau Anna ihr näht. *Pause.* Jetzt hat sie Geld und zu viel Zeit. Ich weiß nicht, was sie mit der ganzen Zeit macht, ehrlich, trägt sie sie auf die Bank oder versteckt sie sie unter dem Bett oder hinten im Schrank oder isst sie sie heimlich auf. Eines ist sicher, in ihrem Kopf hinterlässt die Zeit keine Zeichen oder so, sie ist noch genauso blöd wie früher. Sie fährt einen BMW und hat gelernt, sich zu benehmen. Wenn sie nervös ist oder Angst hat vor etwas, schabt sie mit dem Zeigefingernagel am Rand des Daumenbettes, so, bis sie wund ist. Wie eine sich mit der Spitze des einen Schuhs die Wade vom Standbein kratzt. Das ist das ein-

zige, woran man noch merkt, dass sie früher eine Hure war. *Pause.* Manchmal steigt sie morgens ins Auto, ohne Chauffeur, und fährt selber die zweihundert Kilometer nach München. Nur um sich einen Rock zu kaufen. Zweihundert Kilometer. Für einen Rock. *Pause.* Und am nächsten Tag findet sie, dass der Bund einschneidet, und die Nani muss ihn umändern.

*Schweigen.*

Sie werden sagen, der Dienst ist vorbei, und Schnaps ist Schnaps.

*Pause.*

Ich habe mir das überlegt, werde ich sagen. Ich nehme das zurück, mit der Verbrecherin. Für eine Verbrecherin ist sie eindeutig zu blöd.

3.

*Xana kommt herein mit einem Putzeimer, geht zur Tiefkühltruhe, klappt den Deckel auf.*

MARTHA Was machen Sie da.
XANA Ich.
MARTHA Natürlich Sie.
XANA Ich sehe nach.
MARTHA Wozu.
XANA *schweigt.*
MARTHA Wozu.
XANA *schweigt.*
MARTHA Wer hat Ihnen angeschafft, nachzusehen.
XANA *schweigt.*
Niemand.
MARTHA Es ist viel zu kalt für Sie.
Am Ende holen Sie sich eine Lungenentzündung
und sind arbeitsunfähig,
und was glauben Sie,
wer dann für Sie aufkommt,
wo Sie nur eine schwarze Hilfskraft
und nicht sozialversichert sind.

*Xana klappt die Tiefkühltruhe zu und geht hinaus.*

4.
Stille Liebe I

*Der Chauffeur Meier Ludwig, dargestellt von seinem Hund, taucht unter der Plane auf. Er zündet sich eine Zigarette an, legt die Plane sorgfältig zusammen, geht zur Tiefkühltruhe, argwöhnisch beobachtet von Anna und Martha, die aber nicht einzugreifen wagen. Er steht eine Weile vor der Truhe, raucht. Gibt der Truhe einen Tritt. Sie brummt weiter. Noch ein Tritt. Nichts passiert. Noch ein Tritt. Die Truhe lässt sich nicht stören. Meier Ludwig, dargestellt von seinem Hund, geht zur Karosserie zurück, holt eine leere Konservendose darunter hervor, dann ein paar frische Blumen, stellt die Blumen in die Dose, holt ein rotes Totenlicht, zündet es an, stellt es zu den Blumen, holt eine Totenmaske, stellt sie zu den Blumen und dem Licht, holt eine Zeitung, setzt sich vor die Karosserie, liest.*
*Pause.*

ANNA *schreit ihm ins Ohr*
Eine stille Liebe,
eine stille Liebe,
du und deine Hedwig.

5.
Zwischenauftritt
Sterntaler I

XANA Es war einmal ein kleines Mädchen. *Schweigen.* Vater tot. Mutter tot. Bruder tot. Schwester tot. Oma tot. Opa tot. Andere Oma tot. Anderer Opa tot. Onkel tot. Tante tot. Neffe tot. Nichte tot. Kusin tot. Kusine tot. Großtante tot. Großonkel tot. Großneffe tot. Großnichte tot. Schwager tot. Schwägerin tot. Schwippschwager tot. Schwippschwägerin tot. Kusin zweiten Grades tot. Kusine zweiten Grades tot. *Schweigen.* Kein Geld. Kein Kleingeld. Kein Großgeld. Kein Sparbuch. Keine Wertpapiere. Keine Devisen. Keine goldene Uhr. Keine Perlenkette. Kein Diamantring. *Schweigen.* Kein Haus. Keine Wohnung. Kein Zimmer. Kein Bett. Nicht mal ein Schlafsack. *Schweigen.* Keine Wäsche zum Wechseln. Nichts zu essen. *Pause.* Aber Gottvertrauen.

6.

*Anna, Martha. Meier Ludwig vor der Karosserie, liest. Anna mit dem Foto ihres Sohnes.*

ANNA Die Zeit vergeht.
*Pause.*
Erst wird der Schofför geschickt,
es pressiert, es pressiert,
und dann lässt sie mich warten.
Immer dasselbe.
Ich bin auch nur die Näherin,
mit der Näherin kann man das machen.
*Pause.*
Immer holt mich dieser Meier ab.
Immer dieser Meier.
Das ist überhaupt kein richtiger Schofför.
Braucht man da nicht eine Lizenz,
eine Fahrausbildung und Lenklizenz.
Sie nennen ihn ja nur Schofför,
obwohl er in Wirklichkeit der Laufbursche ist.
Sie geben seiner Tätigkeit einen Namen,
der klingen soll wie ein Titel, eine Auszeichnung, eine Ehre,
obwohl er für sie nur eine Ausgeburt von Dreck ist;
aber wenn sie sagt, der Meier mein Schofför,
so dass es vornehm und nach Welt klingt,
dann fühlt er sich letztlich doch geschmeichelt,
weil seine Seele eine Sklavenseele ist,
immer gewesen ist und immer bleiben wird;
sie gibt dem Meier, diesem Lakaienauswurf, einen Titel,
um ihn still zu halten.
Wie sie meinen Mann still gehalten haben.
Gott hab ihn selig und halt ihn besoffen.
Dabei hat er sich die Gelbsucht geholt

für diese Familie,
ein Krüppel ist er geworden
im Dienste dieser Familie.
Weißt du noch, Martha.

MARTHA *gibt unwillige Geräusche von sich. Horcht.*

ANNA *sich stetig erregend*
Wenn sie diesen falschen Meier
schon Schofför nennen müssen,
dann sollten sie ihm wenigstens
ein diesem Berufsstand angemessenes
Fahrzeug zur Verfügung stellen,
eine Limousine,
die eines Schofförs würdig ist,
und nicht so einen Witz auf Rädern.
*Pause. Stellt vorsichtig das Foto auf die Truhe.*

MARTHA Du, Nani –

ANNA In diesem Auto stinkt es
unerträglich
nach nassem Hundefell.
Selbst wenn der Hund
gar nicht anwesend ist.
*Pause.*
Aber wenn der Hund mitfährt,
ist der Gestank so beißend,
dass man nur bei geöffnetem Fenster
überhaupt Luft bekommt.
Jedes Mal klemme ich mir beim Fensteröffnen
die Finger ein.
Kein anderes Scheißauto
hat so eine altmodische Schiebevorrichtung
zum Öffnen der Fenster
wie dieser uralte Scheißrenault.
Scheißblechscheißrenaulthaufen, der.
*Pause.*

Ein wenig Digitalität,
das ist doch nicht zuviel verlangt.
*Pause.*
Oder der Hund darf nicht mehr mitfahren.
Aber der Hund fährt ja gern Auto,
das ist das Problem.
Er liebt das Autofahren,
und besonders den Fahrtwind,
auch deswegen müssen die Fenster offen sein,
wenn der Hund mitfährt.
*Pause.*
Andere Hunde müssen kotzen,
wenn sie Auto fahren.
Dieser Hund nicht.
*Pause.*
Wahrscheinlich springt er mit Absicht vorher
in den Ententümpel,
damit sein Fell nass wird
und nach Entengrütze stinkt,
und ich die Fenster aufschieben muss,
und mir den Finger einklemme.
Diesem Hund traue ich alles zu.
Schau dir meinen Finger an –
wie soll ich mit diesem Finger
mehrere Stunden nähen.
Das ist unmöglich
oder möglich nur unter größten Schmerzen.
MARTHA Du hast doch einen Fingerhut.
ANNA Ich kann mit Fingerhut nicht nähen.
Mit Fingerhut nähen ist schlimmer
als mit Kondom vögeln.
MARTHA Der Hund hat dich außerdem gern.
Der Hund denkt doch nicht.
ANNA Natürlich hat er mich gern.

Deswegen springt er mich auch jedesmal
so hoch an,
dass ich fast umfalle.
Wenn mich der Meier nicht halten würde,
in seiner liebedienerischen Unterwürfigkeitsbereitschaft,
wäre ich schon längst umgefallen.
Der Hund weiß das genau.
Er weiß es genau.
Er springt immer gegen die Schultern,
wo ich keinen Halt habe.
*Schweigen.*
Eines Tages,
wenn keiner hingesehen haben wird,
werde ich umgefallen sein.

*Schweigen.*

MARTHA Du Nanilein –
ANNA *wütend* Was hast du denn heute
mit deinem Nanilein.
Was denn.
MARTHA Jedesmal
wenn ich Xana draußen höre,
denke ich,
es ist so weit.
*Pause.*
Aber dann ist es doch wieder
nichts.
*Schweigen.*
Wenn sie kommen,
wenn hier ausgeräumt wird,
abgerissen, saniert und neu gebaut,
hören wir dann auch auf oder
haben wir noch eine Geschichte.
Geben sie uns noch eine Chance.

*Schweigen.*

ANNA Ich werde ihnen sagen,
dass du die Geliebte des Herrn warst,
die Geliebte des Herrn.
Da hast du deine Chance.
MARTHA *lacht* Wen juckts.
Der Herr ist doch längst tot.
ANNA In einer neuen Firma
braucht man keine Anhänglichkeit von früher.
Es macht dich zu einer Scheißkollaborateurin.
Ich hingegen,
ich brauche mir nichts vorzuwerfen.
MARTHA Wird davon dein Sohn
wieder lebendig.
ANNA Kein Stich diesmal.
Kein Stich.

*Schweigen.*

ANNA Man muss das Treue wegtreten
wie einen Hund.
*Pause.*
Ich werde dieses Tier töten.
MARTHA Du hast die Absicht, diesen Hund zu töten,
seit es diesen Hund gibt.
Seit sieben oder acht oder neun Jahren,
oder zweimal sieben oder dreimal acht
oder vier mal neun Jahren,
du redest davon so lange,
dass ich mich nicht mehr erinnern kann,
wann du damit angefangen hast.
Wahrscheinlich schon bevor
es überhaupt jemals Hunde gegeben hat.
Und bevor es dich gegeben hat.

Schon seit vor deiner Geburt leidest du
unter dieser Hundephobie.
Und du wirst sie tatsächlich erst los sein,
wenn du oder der Hund oder ihr beide tot seid.
Aber der Hund wird noch lange leben bleiben müssen,
weil dich überhaupt nur der Gedanke aufrecht erhält,
ihn eines Tages töten zu können.

ANNA Wahr wahr.
Ich werde erst damit aufhören,
wenn der Hund gestorben sein wird.
Ich werde den Hund getötet haben, ich.
*Pause.*
Ich überlege noch,
wie.

*Schweigen.*

ANNA Wenn sie kommen,
werde ich sagen,
wir sind alle nur
aus dem Kopf dieses Hundes herausgeschleuderte
und jetzt hier herumsitzenmüssende Existenzen,
Hundegedanken,
die sich anmaßen,
menschlich zu sein.
*Schweigen. Sie nimmt das Foto ihres Sohnes wieder zu sich.*
Aber treu sind wir nicht.
Wir nicht.
Wir arbeiten nur für Profit,
wir haben immer nur
für Profit gearbeitet.
Wenn es keinen Profit mehr gibt,
hören wir sofort auf
zu arbeiten.

7.

ANNA Ob sie noch atmet.
MARTHA Wir werden das überprüfen
lassen.
*Ruft.*
Xana!

*Pause.*

ANNA Geh einmal nachschauen,
ob sie noch atmet.
MARTHA Geh du doch.
Angsthase.

*Anna rührt sich nicht. Martha humpelt zur Tiefkühltruhe, bleibt horchend davor stehen. Sie schweigen. Martha kommt zurück.*

MARTHA Sie atmet noch.
Natürlich atmet sie jetzt noch.
Sie hört erst viel später mit Atmen auf.
ANNA Dann machen wir jetzt das Päckchen auf,
das Päckchen, das für die Frau bestimmt war.
MARTHA *ruft* Xana!

*Auftritt Xana.*

MARTHA Haben Sie die Aufsicht übernommen,
über das Paket von heute morgen.
*Xana nickt.*
Dann holen Sie es her.

*Xana geht langsam zur Tiefkühltruhe, fischt vorsichtig hinter der Truhe ein Päckchen hervor. Gibt es Martha. Sie warten.*

MARTHA *zu Xana*
Sollten Sie nicht längst verschwunden sein.
Scheißhausschicht, jetzt.

*Xana ab.*

8.

*Anna stellt das Foto ihres Sohnes auf die Truhe. Meier Ludwig, dargestellt von seinem Hund, schnitzt vor der Karosserie an einem länglichen Holzstück. Sie öffnen das Paket.*

ANNA Lass mal sehen.
Aha, da haben wirs.
*Enttäuscht.*
Merz Spezial Dragees.
Keine Trüffeln, kein Kaviar, auch kein Schampus,
was soll das denn, wo bleiben die Leckereien.
Merz Spezial Dragees.
Außerdem schwört sie sowieso auf
Hormocenta.
Hormocenta ist für sie das einzig Wahre.
Sie fällt herein auf eine wie
Marika Rökk.
Marika Rökk pries diese Creme an
auf eine unübertroffen penetrante Weise
und schwang dabei ihre Beine durch die Luft
wie ein Jubelkomparse seine Schwenkelemente.
Wer Hormocenta benutzt, hieß das,
wird aussehen wie Marika Rökk.
Grauenhafte Vorstellung.
Hormocenta, das klingt wie Medizin,
was heißt das eigentlich.
MARTHA Hundert Hormone
in einer Dose
oder so.
Ich hatte ja nie Latein.
*Pause.*
Heutzutage ist so ein Name
ja eher verpönt.

Könnte man sich gleich das pure Östrogen
ins Gesicht kneten,
Collagen
aus dem Unterhautfettgewebe
von Toten.
Sie lassen sich die Lippen aufspritzen
und die Brüste auspolstern
mit Leichenteilen.
*Pause.*
Widerlich.
*Schweigen.*
Sie essen Leichenteile
und schmieren sich Leichenteile
ins Gesicht.
Sie formen sich zu ihrem eigenen Bild,
Sie stellen ihre Körperplastik her,
atmende Mumien
in Sarkophagen aus Menschenhaut,
ihre Totenmaske zu Lebzeiten.
*Schweigen.*
Dreck zu Dreck, Fäulnis zu Fäulnis,
Silikon zu Silikon, Kochsalz zu Kochsalz,
und das abgesaugte Fett in die Kanalisation.
Und dann, nach dem Aufwachen
auf der Schönheitsfarm,
wäscht sie sich ihr Gesicht
mit Quellwasser aus dem Urgestein
der Vogesen.

*Schweigen.*

ANNA *plötzlich, das Bild ihres Sohnes im Auge*
Soll ich mich liften lassen.
Ich überlege das manchmal,

ich gebe zu, dass ich das manchmal überlege.
Obwohl ich es natürlich am Ende nie tun würde.
*Pause.*
Könnte ich gar nicht bezahlen.
Oder würdest du mir Geld zum Liften leihen.
*Pause.*
Ich nehme ja nur Wasser, keine Seife,
und nur selten eine Fettcreme.
Kaltes Wasser ist das beste
gegen Falten,
kaltes Wasser wirkt geradezu Wunder.
Und natürlich keinesfalls Sonne.
MARTHA Natürlich nicht.
ANNA Natürlich nicht;
woher auch,
hat unser Höhlendasein doch einen Vorteil;
kaltes Wasser, keine Seife, keine Sonne,
und man wird neunzig
ohne eine einzige Falte.
Oder siehst du etwa an mir Falten.
MARTHA Ich habe deine Haut
immer bewundert, Anna.
Sie ist nicht nur glatt,
sie ist auch noch flaumig
wie ein kleines Pelzchen.
ANNA Ich selber sehe sie ja leider nicht mehr
so genau.
Meine Augen lassen nach.
Aber ich fühle doch,
ich fühle doch manchmal –
*Schweigen. Müde.*
ein völlig geschrumpftes
Baumrindengesicht
unter meinen Händen.

MARTHA Eine Krötenfresse –
ANNA *wütend* Ja eine Krötenfresse –
*Erregt.*
Sie hat es natürlich machen lassen,
die Frau hat es machen lassen,
wie ihre Halsfalten bis in den Ausschnitt heruntergehangen sind.
Jedes Mal, wenn sie zur Anprobe kommt
und sich auszieht –
MARTHA – kam und sich auszog.
ANNA – kam und sich auszog,
musste ich nicht nur ihre Unterwäsche bewundern,
sondern, was viel schlimmer ist,
sie setzte mir ihre unbedeckte,
am ganzen Körper verschlaffte Haut vor;
hier, stell dir den runzligen Kehlkopfsack eines Huhns vor,
und wie der rumschlappt,
dann weißt dus.
Und noch dazu,
und das war das Beleidigendste für eine Ästhetin
wie mich,
war sie von oben bis unten besprenkelt
mit Leberflecken,
von oben bis unten,
keine Sommersprossen,
Myriaden von Leberflecken,
die sich zu bewegen scheinen
und zu wachsen,
wenn du sie anschaust,
solche hautkrebsverdächtigen Leberflecke,
solche Blutuntersuchungs-, Skalpell-, Chemotherapie-,
Haarausfall-, Übelkeits-, Diarrhoe-Leberflecke waren das,
wenn du verstehst, was ich meine.
Woher kommen die,

hab ich sie gefragt,
das kann doch nicht alles angeboren sein.
Tja, hat sie gesagt,
Segeln Schwimmen Sonnenbaden, nackt natürlich –
Sie sehen es doch selber, Anna,
wenn Sie aus Ihrer Schneiderkammer
im Sommer hinausschauen in den Garten und auf den See,
dann sehen Sie mich doch
ausgestreckt im Liegestuhl liegen,
nackt, stundenlang, oder nicht,
der Sonne hingegeben, oder nicht –

*Auftritt Xana, um abzustauben und zu putzen.*

ANNA Sehen Sie mich etwa nicht,
winke ich nicht manchmal hinauf zu Ihnen,
und sende Ihnen einen Gruß in Ihr Kammerfenster hinein,
wo Sie so fleißig vor sich hinnähen.
*Schweigen. Als* Frau *zu Xana.*
Ich weiß, dass Sie prinzipiell nicht
an die Sonne gehen;
das ist vernünftig,
weil man danach die schädlichen Konsequenzen beheben muss,
nicht wahr;
ich lasse mir meine überflüssigen Hautpartien
einfach wegschneiden.
Man zieht die Haut ab
von ihrem schwammigen Untergrund,
strafft sie, schabt die Fettränder weg,
schneidet an den Seiten das Überlappende ab,
näht den Rest zusammen und fertig.
Das kostet natürlich.
Deshalb ist es vernünftig,

wenn Sie nicht an die Sonne gehen,
das ist eine Sparsamkeit,
nicht wahr,
ich unterstütze das,
ich habe Sparsamkeit immer unterstützt.
Allerdings bei meinem Körper hört die Sparsamkeit auf,
das verstehen Sie doch;
dieses Gesicht ist das Gesicht einer Dame,
ein Symbol für Wohlstand und Würde,
und so soll es sein.
*Pause. Sieht, wie Xana das Sohn-Bild abzustauben im Begriff ist.*
Nehmen Sie die Griffel
von meinem Sohn.
Was putzen Sie hier herum,
das Putzen erübrigt sich.
XANA Muss ich was übersehen haben.
Würde.
MARTHA Da haben Sie nur keinen Blick dafür,
Sie hergelaufener Fetzen,
Sie mit Ihrer Staubwedelfrisur,
wie sollten Sie auch.
XANA Ich habe aber Blick für Farbe.
Sie kämpfen mit Farbe gegen Alter.
Farbe wäscht sich raus, Alter bleibt drin.
MARTHA Natürlich kämpfen wir gegen das Alter,
Sie Wischmopp,
natürlich wollen wir Farbe,
sogar so viel Farbe wie möglich,
wir machen nicht auf zurückhaltend,
wie die Frau –
Die Frau Bierbaum
lässt sich einen leichten Blaustich
in ihre ansonsten weißen Haare machen,

vom Meisterkoafför persönlich.
Weil es edel aussieht und vornehm.
ANNA Sie hält sich dann für eine
Aristokratin.
*Lacht lautlos.*
Scheiß auf vornehm.
Wir haben uns die Haare immer gefärbt –
*Pause.*
Und wir werden uns die Haare färben
bis zuletzt.

*Schweigen.*

ANNA Wenn Sie noch einmal meinen Sohn anfassen,
werde ich Sie in Ihrer Putzbrühe ertränken.

*Pause.*

ANNA Mit Geld ist leicht zurückhaltend sein
und unabhängig.
Wir können uns Zurückhaltung
nicht leisten.
*Pause.*
Wenn sie kommen werden,
wer immer es sein wird, der kommt,
werden wir unsere Feiertagsausrüstung anlegen,
die extra Kostüme, die ich für uns genäht habe, Martha,
damit wir einen Eindruck hervorrufen.
Sie werden es mit zweien zu tun haben,
die sich von ihrem Schicksal
nicht in den Staub treten lassen.
Nicht von diesen Ausverkäufern.
MARTHA Wir wissen nicht, wer kommt.
Wir wissen nicht mal,
ob überhaupt einer kommt.

ANNA In jedem Fall,
wer es auch sein wird,
habe ich die besseren Karten.
Denn eine Veränderung wird sein müssen.
Und ich werde ihnen sagen,
dass ich nicht treu war,
ich nicht, und der Hermann nicht.
Ich sage das nicht, um dir zu schaden, Martha.
Nicht, um dich hintanzustellen.
Ich bin es meinem Mann schuldig.
Seit seinem Tod warte ich
auf diesen Tag der Genugtuung,
wenn ich es ihnen sagen werde.
MARTHA Wir kennen ihre Absicht nicht;
vielleicht ist das genau das Falsche.
ANNA Der Hermann war immerhin
ein Sozialrevolutionär,
und das hat er mit seinem Leben bezahlt.
MARTHA Arme Nani,
wer auch immer hierher kommen wird,
es wird ihnen vollkommen egal sein.
Wir werden entlassen oder verkauft,
je nachdem, wie wir ihnen mehr Geld bringen.
ANNA Wenn es ihm nur gelungen wäre,
eine Beteiligung zu schaffen an der Brauerei,
für alle Mitarbeiter,
so wie er es vorgehabt hat,
und wie es sein Lebenstraum war,
dann stünden wir jetzt anders da.
Du hättest schon längst deine Hüftoperation,
und ich könnte mich liften lassen.
Noch besser, du bräuchtest gar keine Hüfte,
und ich wäre stolz auf mein Kämpfergesicht,
weil man Sieg in ihm lesen könnte,

und nicht Dreck und Niederlage.
Aber das Schönste wäre,
mein Hermann wäre noch am Leben.
*Pause.*
Heimlich hinter dem Braukessel
musste er seine Brotzeit machen,
weil der Herr ihn so tyrannisiert hat,
heimlich hinter dem Braukessel
hat er in seine Leberwurstbrote hineinbeißen müssen,
die ich ihm mitgegeben habe,
heimlich.
*Schweigen.*
Freibier hat der Herr ihm jeden Tag hingestellt,
aber essen durfte er nicht in seinem Büro.
Und was war das endliche Ergebnis,
erst eine Gelbsucht,
dann eine Leberzirrhose.
*Schweigen.*
Sie haben ihn kaputtalkoholisiert,
den ganzen Menschen in den Alkohol hineingetrieben
und ihn darin direkt mit dem Kopf voran untergetaucht,
so lange, bis er sich im Alkohol als seinem Lebenselixier
vollkommen aufgelöst hat,
und er von sich als einem Hefeferment zu sprechen anfing,
das durch das Aufgehen im Alkohol erst
zu seiner eigentlichen Bestimmung gebracht würde,
und ohne diese Alkoholmetamorphose nichts weiter
als ein übelriechender und unnützer Schädlingspilz sei.
*Pause.*
MARTHA Nani, es wird ihnen so egal sein
wie die Scheiße vom Meier seinem Hund.
Erstens hat dein Hermann nichts ausgerichtet,
zweitens macht das Geld die Revolution,
nicht wir.

ANNA Und dabei hatte er die Zuckerkrankheit.
Das war das Perfide an dem Bierbaum-Plan.
Der Zucker hat die Wirkung des Alkohols erst
zu seiner völligen desaströsen Entfaltung gebracht,
durch den Zucker ist der Alkohol
im Körper meines Mannes
in jeder kleinsten Zelle
zerstörerisch wirksam geworden.
Der Zucker und der Alkohol zusammen
haben sich als paramilitärische Karies
durch den Körper meines Mannes hindurchgefressen,
durch jedes Gewebe, jeden Knochen,
durch das Fett, das Fleisch, die Organe
und am Ende durchs Hirn.
Und als sie damit fertig waren,
mit ihrer gewissenhaften ruinösen Arbeit,
da genügte eine winzige Verletzung
bei der Morgentoilette,
und sein Blut war vergiftet.
*Schweigen.*
Zwei Wochen vor seinem
fünfzigsten Geburtstag
haben sie ihm den Unterschenkel amputiert.
Zuerst den Zeh,
dann den Unterschenkel.
MARTHA Und du hast ihn auf den Mund geküsst,
mehrmals.
Was küsst du ihn auf den Mund,
habe ich zu dir gesagt,
wo sie ihm den Unterschenkel amputiert haben,
bist du völlig verrückt geworden,
wo jedes Kind weiß,
dass man einen Frischoperierten
keinesfalls auf den Mund küsst,

man küsst ihn überhaupt nicht,
nirgendwohin,
außer in selbstmörderischer Absicht,
wo ein jeder weiß,
dass man sich im Krankenhaus
die meisten Krankheiten holt,
durch Infektionen,
dass dort die Bakterien, Viren und Keime
ein ungezügelteres Leben führen wie
auf dem Friedhof;
da wäre es noch gesünder,
Friedhofserde zu essen,
als einen Frischoperierten im Krankenhaus
auf den Mund zu küssen.
*Pause.*
Also habe ich zu dir gesagt,
spuck dreimal ordentlich kräftig aus
und wisch dir den Mund ab.
Du wolltest nicht,
da habe ich dir mit meinem letzten
sauberen Taschentuch,
auf das ich vorher draufgespeichelt habe,
über den Mund gerieben.
Aber fest.
Dass deine Lippen geblutet haben,
ist allerdings eine Lüge.
Das Taschentuch hätte man natürlich
verbrennen müssen,
genau genommen,
aber mitten auf der Straße –
ich habe es einfach über eine Hecke geworfen
in einen Garten,
vielleicht ist es ja auf einen Komposthaufen gefallen,

in glücklichem Zufall,
und verrottet da.
ANNA Fünf Tage später war er tot.
Verreckt unter Morphium,
mit einem amputierten Bein.
Und hat gemeint
in seinem Fieberwahn und Morphiumrausch,
er könne einfach davonlaufen.
Er wollte aufstehen
und einfach davonlaufen.
*Schweigen.*
Zur Beerdigung hat ihm der Herr
einen silbernen Krückstock ins Grab geworfen,
*lacht lautlos,*
den er schon angeschafft hatte,
dummerweise,
ins Grab geworfenes Geld.
MARTHA Der Krückstock war aus Holz,
nur der Griff hatte eine Silberauflage,
oder etwas, das so aussah von weitem.
ANNA *lacht lautlos*
Er hat ihn mir gezeigt, der Herr,
vor der Messe, wo es alle sehen.
Extra angeschafft, Frau Anna,
was mach ich jetzt bloß damit.
Werfen Sie ihn doch ins Grab, sag ich zu ihm,
Krücke zu Krücke.
*Lacht lautlos.*
Und da konnte er nicht anders.
Das Gesicht, das er gemacht hat.

*Schweigen.*

ANNA Und denk nicht,

dass ich euch nicht gesehen hätte,
ich hab euch genau gesehen.
Und gehört.
Hinter dem frischen Grabhügel
hast dus getrieben mit dem Herrn,
und bist dann zur Totenfeier,
ich hab die Laufmasche gesehen
in deinem Strumpf,
dich grinsend, geil immer noch,
und mit dem Geschmack von seinem Sperma
im Mund, einen weißen Faden an der Lippe.
Das verzeih ich dir nie,
du Sau.

*Anna ab.*

9.
## Geschichtslifting I

*Meier Ludwig, dargestellt von seinem Hund, legt das Holzstück beiseite und geht zur Truhe. Er steht eine Weile davor, raucht. Gibt ihr einen Tritt. Sie brummt weiter. Noch ein Tritt. Nichts passiert. Noch ein Tritt. Die Truhe lässt sich nicht stören.*
*Schweigen.*

MEIER LUDWIG, *dargestellt von seinem Hund*
Ich habe das Gesicht meines Vaters
und meiner Mutter vergessen.
So lange.
Seit so langer Zeit bin ich bei der Herrschaft,
dass ihr Gesicht für mich das Gesicht
meiner eigenen Familie ist.
Dann wache ich auf mit dem Wunsch,
den fremden Vater und die fremde Mutter
zu töten im Schlaf.
Ich stehe an ihrem Bett
und reiße ihnen die Haut vom Gesicht
mit meinen Nägeln meinen Zähnen meinem Messer,
um darunter das vertraute meiner Eltern
wiederzufinden.
Aber die Haut wächst immer wieder nach;
kaum schärfe ich das Messer,
um die blutige Arbeit noch einmal zu verrichten,
kaum erkenne ich die Augen meiner Mutter wieder,
schließen sich schon von oben die fremden Lider.
Die Frau sieht mich an mit ihrem Totengesicht
und lächelt im Schlaf.
Rosig und unzerstörbar
verletzlich.

*Er geht zur Karosserie, räumt Blumen, Licht und Maske hinein, bedeckt sie mit der Plane, verschwindet in ihr.*

## 10.
## Zwischenauftritt
## Sterntaler II

XANA Es war einmal ein armes Mädchen allein auf der Welt zweiter Teil. Nichts als ein Kleid auf dem Leib, kein Geld. *Pause.* Weil niemand es vermissen würde, ist das arme Mädchen von da, wo es war, weggelaufen und in die Stadt hinein. In der Stadt ist es herumgegangen und hat geschaut, ob es vielleicht einer brauchen könnte. Die Straßen waren aber unbekannt. *Pause.* Kalt war es außerdem. Später hat es sich vor ein Kaufhaus gesetzt, wo ein warmer Wind herauskam. Und die Hände aufgehalten. Manchmal fiel ein Geld hinein, aber das arme Mädchen mochte nicht in die Höhe schauen. Singen konnte es nicht als Dank, denn es hatte keine schöne Stimme. *Pause.* Wie es dann nachts auf der Straße stand, blieb einer vor ihr stehen und sagte ICH BRAUCHE DICH. Da freute sich das arme Mädchen und fragte WIE SEHR. Der Mann GIB MIR DEINE KLEIDER. Das Mädchen zog seine Kleider aus und wärmte den Mann. Am Morgen sagte der Mann, ES PRESSIERT, ICH MUSS INS GESCHÄFT, und das Mädchen sah in den Himmel hinauf, wo zwischen den Häuserspitzen eine Wolke dahinflog.

11.

*Martha hat einen Katalog vor sich, blättert, lauscht zwischendurch.*

MARTHA Mal sehen.
*Befeuchtet einen Finger und blättert.*
Der Quellekatalog.
Ich bestelle nur aus dem Quellekatalog.
Der Quellekatalog ist der beste Versandhauskatalog,
den es derzeit gibt,
und der einzig wahre,
seit seinem ersten Erscheinen.
Unter allen Versandhauskatalogen
hat allein der Quellekatalog
die ewige,
alljährlich zweimal erneuerte Gültigkeit.
Der Quellekatalog ist das einzige Buch,
das regelmäßig zu mir ins Haus kommt,
das einzige auf Dauer für mich erschwingliche
unter allen deutschsprachigen Druckerzeugnissen;
noch dazu mit je einer Frühjahrs- und einer Herbstauflage,
jede anders, jede mit Veränderungen,
und beide immer wieder mit Spannung erwartet.
*Pause. Horcht.*
Ich brauche keine Geschichtsbücher,
ich besitze den Quellekatalog.
*Pause. Horcht.*
Nur im Quellekatalog finden sich alle die Dinge,
die Sie schon immer nicht haben wollten.
Das allerdings zu günstigen Preisen.
An jedem Monatsanfang bestelle ich mir
eine hübsche sinnlose Kleinigkeit
von meinem Niedriglohn,

der eigentlich nur ein Taschengeld ist,
denn wer für seine Arbeit Kost und Logis erhält,
braucht darüberhinaus ja nicht viel zum Leben.
*Pause. Horcht. Ruft.*
Xana! Xana!
*Schüttelt den Kopf.*
Was ich aus dem Quellekatalog bestelle,
bestelle ich nicht für mich,
sondern um es zu verschenken.
Die Quellekataloggeschenke haben in meiner bedürftigen Umgebung
eine dankbarkeitserzeugende Wirkung
mir gegenüber.
Ich tue es aber nicht deswegen,
sondern um Freude zu spenden,
und ein wenig
Bildung.
Der ausländischen Putzfrau
spende ich am meisten Freude.
*Horcht. Ruft.*
Nicht wahr, Xana!
*Keine Antwort.*
Mit jedem meiner Geschenke
sammeln sich ein bisschen mehr Freude
und Bildung
in ihrem Kämmerchen.
Ich achte darauf, dass die Geschenke
einen ideellen Wert in sich tragen.
Zum Beispiel habe ich ihr einmal
eine Heimorgel geschenkt,
ich selber durfte ja nie musizieren,
ein andermal ein Taschenbuch
»Französisch in dreißig Tagen«,
ich selber habe ja nie Fremdsprachen gelernt,

und vor einiger Zeit einen Leuchtglobus.
Leuchtgloben sind bei mir sehr beliebt,
Leuchtgloben habe ich schon viele verschenkt.
An alle Haushaltshilfen,
die jemals in diesem Haus beschäftigt waren,
habe ich je mindestens einen Leuchtglobus verschenkt.
*Pause.*
Damit sie die Welt kennenlernen.
Damit sie die Welt kennenlernen.

*Auftritt Xana.*

MARTHA Xana, haben Sie
den Meier gehört.
*Pause.*
Ich meine, ich hätte das Auto gehört.
XANA Hm.
MARTHA Xana,
dann fragen Sie doch den Meier, ob er –
Bitten Sie doch den Herrn Meier
auf eine Tasse Kaffee zu mir.
XANA Hm.
*Zögert vor dem Autoplanenhügel, geht hinaus.*

MARTHA *wieder bei ihrem Katalog*
Der Quellekatalog, die Bibel des Verbrauchers.
Quelle –
kommt, wie der Name ja schon sagt,
von lateinisch –, von lateinisch –
na er kommt jedenfalls aus dem Lateinischen,
und heißt ursprünglich Ursprung.
Ich habe ja nie Latein gehabt,
aber manches aufgeschnappt.
Trotz meiner niederen Tätigkeit,

für die ich nur verachtet werde,
immer nur verachtet worden bin,
obwohl ich hier im Haus für alle
immer nur der Abtrethadern bin,
versuche ich mich schließlich fortzubilden.
Ich versuche mich fortzubilden.
*Schweigen.*
In diesem Haus gibt es ja keine Bücher.
Sie haben zwar einen swimming-pool
und einen Breitwandfernseher
in einem extra Fernsehzimmer,
und Panoramascheiben auf den Garten hinaus,
sogar eine Sauna haben sie,
und einen Ständer für die Golfschläger,
die dümmsten Einrichtungsgegenstände
befinden sich in diesem Haus,
die nur dazu da sind, sie vom Nachdenken abzuhalten,
entspannen nennen sie das,
den Körper entspannen,
alles haben sie,
aber Bücher haben sie keine.
Bücher werden Sie im ganzen Haus vergeblich suchen.
*Schweigen.*
Früher bin ich bei meiner verzweifelten Suche
nach Büchern
so weit gegangen,
auf den Dachboden hinaufzusteigen,
und in den Kisten mit abgelegtem Kinderspielzeug
nach Büchern zu suchen.
Habe ich auch welche gefunden.
Malen nach Zahlen.
Malen nach Zahlen.
*Schweigen.*
Ich kann nicht mehr gut laufen,

das stimmt,
und ich sollte mir die Hüfte operieren lassen,
schon lange,
aber der Geist, der Geist ist noch
total elastisch.
Aber wie sollte ich jetzt noch
mit dem Bücherlesen anfangen,
wenn ich es nie gelernt habe.

*Auftritt Xana. Zögert vor dem Autoplanenhügel. Zu Martha.*

XANA Meier will nicht.
MARTHA Er will nicht.
*Pause.*
Waren Sie auch freundlich zu ihm, Xana.
XANA *zuckt die Schultern.*
MARTHA Hat er sonst noch was gesagt.
XANA Nichts.

*Pause.*
*Xana will gehen.*

MARTHA *mustert sie*
Sagen Sie Xana,
wo haben Sie eigentlich putzen gelernt.
XANA Zuhause.
MARTHA Zuhause.
Wo das wohl sein wird.
Noch nie in meinem ganzen Köchinnenleben
habe ich eine dermaßen speckige verdreckte stinkende Putzfrau gesehen
wie Sie es sind.
Das Streben nach Gleichheit,
meine liebe Xana,

birgt die Befriedigung folgender Bedürfnisse:
Nahrung Kleidung Höhle.
Nahrung Kleidung Höhle:
die erste Entscheidung zur Zivilisation.
Was kommt danach –
XANA Putzen.
MARTHA Putzen. Genau.
Mit der Hygiene wird das Leben –
was –
XANA Sauber.
MARTHA Menschlich, Sie Behinderte,
menschlich.
Mit der Sauberkeit begeben wir uns
auf die zweite Stufe der Zivilisation,
auf die der Kultur,
einerseits,
daher auch der Ausdruck Kulturbeutel.
Andererseits
beginnt mit dem Putzen der Kapitalismus.
Warum.
XANA Weiß nicht.
MARTHA Nahrung Kleidung Höhle,
bis dahin ist er solidarisch.
Ist der Mensch aber einmal satt, angezogen und
im Trockenen,
denkt er an Vorteil.
Die Stunde des Handels.
Werden Sie mit einem braunhändigen
beulenpestgesichtigen Kloakenstinktier
Tauschgeschäfte machen –
Natürlich nicht.
Die erste Regel des Handels lautet also
Sauberkeit.
Geschäfte macht der Saubere,

der gut riecht.
Einen erfreulichen Wohlgeruch,
einen Duft in der Luft
möchte man atmen
beim Geschäftemachen.
Haben Sie das verstanden.
Geld riecht gut.

*Xana nickt.*

MARTHA Wenn Sie eine Zukunft
haben wollen,
dann gehen Sie jetzt
und waschen Sie sich.
Aber gründlich. Mit Seife.
*Xana geht. Martha ruft ihr nach.*
Haben Sie denn überhaupt
kein Berufsethos.

*Pause.*

MARTHA Xana!

*Xana kommt zurück.*

MARTHA Haben Sie eigentlich noch
den Leuchtglobus,
den ich Ihnen geschenkt habe.
XANA Ist vollkommen finster
auf der Welt.
MARTHA Dann müssen Sie
eine neue Glühbirne einschrauben.
*Xana ab.*
Sehen Sie mal nach, wo genau Madeira liegt.

Eine zurückgebliebene Person.
Und das will Putzfrau sein.
Dumm wie Staub.

*Auftritt Anna. Wie üblich mit dem Bild ihres Sohnes. Es ist größer als in den vorigen Szenen.*

MARTHA Der neue Quellekatalog ist da.
Es gibt sogar angeblich echten Madeira
und Scherri aus Peretz.
Das muss in Spanien sein.
Aber wo genau,
komm ich jetzt nicht drauf.
ANNA Gibt es auch Bilderrahmen.
MARTHA Es gibt alles.
Andere nennen es Luxus.
Für mich ist es der Quelle-Katalog.
ANNA Ich überlege,
das Bild meines Sohnes vergrößern zu lassen.
Und dann ein standesgemäßer Rahmen.
MARTHA Stell dir vor,
was die hier anbieten.
Eine »Tubenpresse«.
»Holt das letzte aus jeder Tube heraus
und rollt sie dabei zu Wellblech auf.«
ANNA Schau doch mal unter Bilderrahmen.
MARTHA Schau doch selber.
*Pause.*
Und Tr wie »Trauerflor«
kommt gleich vor »Tubenpresse«.
ANNA *atmet tief*
Kein Stich diesmal.
Kein Stich.
MARTHA *versöhnlich*

Kannst du dir vorstellen,
wie jemand beschaffen sein muss,
der sich einen metallenen Tubenausdrücker kauft,
ein über ein Viertelpfund schweres Gerät
für fünfundvierzig Mark.
ANNA *überlegt* Die Frau vielleicht.
MARTHA Der täte das Geld leid.
Zum Tubenausdrücken hat sie ja mich.
ANNA Eine Tubenpresse.
Wie tief kann man sinken.
MARTHA Dieselben Leute,
diese Tubenkunden, kaufen sich dann Schuhe
aus vegetabil gegerbtem Rindleder,
zwiefach händisch durchgenäht,
die garantiert dreißig Jahre halten.
Wer will schon Schuhe,
die dreißig Jahre halten.
Dreißig Jahre lang die gleichen Schuhe,
das Gesicht altert,
die Schuhe nicht.
Am Ende ist die Gesichtshaut
eine vegetabil gegerbte,
und die Schuhe glänzen immer noch
wie eine Schweineschwarte.
ANNA Solche Leute müsste man schlachten
wie die Hühner,
Kopf ab
und ausbluten lassen.
MARTHA Du wirst immer gleich
so militant.
*Pause.*
Solange sie niemandem was tun
und ihre Tubenroller für sich behalten.
ANNA Das ist nur eine Frage der Zeit.

Wo so eine hausgemachte Paranoia
einmal ihre Wurzeln geschlagen hat
in einem im Grunde bedauernswerten Rindslederschuh-
krüppel
und Tubenrollfanatiker,
nur eine Frage der Zeit,
bis sie ausbricht und sich ihre Opfer sucht.
*Pause.*
Und die Kinder von diesen Tubenrollerundlegionärsschuh-
paranoikern,
die erschießen auf dem Schulhof
mit dem Maschinengewehr ihre kleinen Freunde
und danach sich selbst,
und keiner weiß warum.
Die sollten mal in den Schränken der Eltern
nach den Ursachen forschen.

MARTHA Heute wieder große Klappe,
heute wieder ganz große Klappe.

ANNA Ja ich kämpfe noch,
wo du nur noch kläffst,
du Bierbrauerkettenhund,
du Kettenhundsklavin.

MARTHA Wer hier der Kettenhund ist,
selber Hündin,
selber hündische Speichelleckerin,
selber hecheln, selber heucheln.
Warum bist du nicht weggegangen,
und hast dich selbständig gemacht,
deine eigene Änderungsschneiderei,
dein Maßatelier,
statt diesem Hermann ins alkoholische Verderben
hinterherzuschwimmen,
wo er euer ganzes Geld versoffen hat,
und seine sozialistischen Wahnideen

in den Bierkrug hineingepredigt,
immer und immer wieder
in den Bierkrug hineingepredigt,
weil ihm eh nur noch der Bierkrug
sein volles Ohr lieh und
ein geduldiger Zuhörer war,
der nicht weglaufen konnte.
Und du sitzt auch lieber hier herum,
in dieser elendigen verstunkenen Betriebswohnung,
wo uns der Schimmel bis unters Bett kriecht.
Und bist froh, um jeden Stoffetzen,
den du der Frau auf den Leib schneidern darfst,
weil ein paar Mark dabei rausspringen.
Wenn sie dann in einem deiner Kleider
auf den Bierbrauerball geht
und dir danach die Speisekarte mitbringt
als Andenken,
und ein Polaroid von sich
als Hopfenkönigin,
bist du glücklich.

ANNA Ich bin nur noch da
wegen dir,
du sprechende Arthrosebeule.
*Pause.*
Ich bin nur hier,
weil man dich nicht allein lassen kann.
Du Putzfrauenmisshandlerin.

MARTHA Wegen mir,
weil du dir alleine nichts zutraust,
du räudiger alter Maulwurf.
Alleine wärst du zu gar nichts fähig,
du wärst vollkommen lebensunfähig
ohne mich,
meinen Rücken hast du immer gebraucht,

um dich dahinter zu verstecken.
*Pause.*
Ja, ich muss auch die Tatkräftige sein,
du,
du hast ja sogar Angst vor Hunden.
ANNA Immer stocherst du in dieser Wunde herum,
immer in dieser Wunde.
Du bist ja nicht traumatisiert
von einem Hundeüberfall,
du nicht.
Du hast nur ein Hüftleiden,
eine Alterserscheinung
und folgerichtig,
bei deiner starken Beinbeanspruchung,
aber ein von einem Hund abgebissenes Ohr,
und der Ausfall meines rechten Gehörsinns –
MARTHA Es war nur ein Ohrläppchen,
ein Ohrläppchen,
und deswegen hörst du nicht schlechter,
du senile Hypochondergans.
ANNA Es war trotzdem ein perfider Unfall,
der in der Natur nicht vorgesehen ist
und nicht vorkommen dürfte,
betrachtet man den nicht wiedergutzumachenden Schaden
an der unschuldigen Kinderseele.
Ich war erst drei Jahre alt,
drei Jahre,
der Hund war größer wie ich
und hat so auf mich hinabgegeifert,
sein Geifer ist mir ins Auge getropft,
bevor er mich angefallen, umgerissen
und mir das Ohr zerfleischt hat.
MARTHA Das Ohrläppchen,
es war nur das Ohrläppchen.

ANNA Einen roten eiternden Ausschlag
habe ich gehabt, wochenlang,
da, an den Händen, im Ausschnitt, im Gesicht,
überall, wo ein Stückchen Haut unbedeckt war,
Flechten wie giftiges Kraut, gelbblühende Blasen,
die seitdem wieder wachsen, jedesmal,
wenn mich dieser Hund anspringt
und mir seinen Höllenatem ins Gesicht bläst.
MARTHA Meine liebe Nani,
deine Wehleidigkeit steht in umgekehrtem Verhältnis
zu deiner Lebensleistung.
Mein Hüftleiden ist das sichtbare Zeichen
meiner Versklavung,
der Ausfluss jahrelangen Ausgebeutetseins,
als Berufskrankheit wird mir das niemals
jemand anerkennen,
das würde mein Stolz auch nicht zulassen,
mein Hüftleiden, das ist die Wunde,
die die schweren Ketten hinterlassen,
die ich jahrzehntelang mit mir herumzutragen gezwungen war.
Mein Hüftleiden,
das ist der arthritische Spiegel meines Lebens.
Ich, meine Liebe,
ich habe ein Schicksal,
du hingegen
bist nur der traurige Rest eines Unfalls.

*Schweigen.*

ANNA Du bist eine kranke Seele, Martha.
Krank und vollkommen deformiert.
Und zwar inwendig und auswendig.

*Schweigen.*

MARTHA Und du, liebe Nani,
du schwächelst,
du schwächelst schon lange,
und in deinem Schwächeln klammerst du dich
an deinen Säufermann
und an deinen Sohn,
der auch nur noch in einem Bild existiert.
Ich werde dir etwas beichten.
*Pause.*
Ich habe es der Frau verraten.
Ich habe deine Angst,
die beinahe eine Todesangst ist,
an die Frau verraten.
Und prompt
am nächsten Tag hat sie dem Meier
den damals jungen Hund geschenkt,
einen, der noch wachsen würde,
und ein richtiges Monstrum werden,
und warum,
damit deine Angst auch Gelegenheit hat
zu wachsen,
deine Angst sollte mit dem Hund wachsen,
und sie würde das Wachstum deiner Angst
seelenruhig aus der Nähe beobachten.
Und ich auch.
Ich auch.

*Schweigen.*

ANNA Lügst du.

*Martha schüttelt den Kopf.*

ANNA *sehr ernst, ernüchtert*
Du machst das immer wieder.
Immer wieder lässt du dir Sachen einfallen,
die nur darauf ausgerichtet sind,
mir das Ohrläppchen abzubeißen,
ein Ohrläppchen nach dem anderen.
MARTHA Keine Lüge.

*Schweigen.*

ANNA Du hast –
Du hast meine Arbeitskraft
sabotieren wollen.
Meine Arbeitskraft und
mein geistiges Gesundheitsleben.
*Pause.*
Kollaborieren und sabotieren,
das kannst du.
Dir bleibt ja auch sonst nichts.
*Schweigen.*
Ich werde jetzt meinen Sohn aufhängen.
Ein freundliches Gesicht
hier drin.

*Anna klettert auf die Truhe, um darüber einen Nagel einzuschlagen. Martha nimmt das liegengebliebene Bild und hält ein Feuerzeug darunter. Der Rauch erstickt Annas Schrei.*

12.
Stille Liebe II

*Meier Ludwig, dargestellt von seinem Hund, taucht unter der Plane auf. Er zündet sich eine Zigarette an, legt die Plane sorgfältig zusammen, geht zur Tiefkühltruhe. Er steht eine Weile vor der Truhe, raucht. Gibt der Truhe einen Tritt. Sie fängt an zu stottern. Er wartet, selber überrascht. Anna und Martha bemerken das Aussetzen der Truhe angstvoll, wagen aber nicht einzugreifen. Meier Ludwig wartet noch eine Weile. Die Truhe stottert. Er geht, immer noch überrascht, zur Karosserie. In dem Moment, als er der Truhe den Rücken kehrt, brummt sie wieder. Er kommt zurück, wartet. Gibt ihr einen Tritt. Sie brummt weiter. Noch ein Tritt. Nichts passiert. Noch ein Tritt. Die Truhe lässt sich nicht mehr stören. Meier Ludwig, dargestellt von seinem Hund, geht zur Karosserie zurück, holt die Konservendose darunter hervor, dann ein paar frische Blumen, stellt die Blumen in die Dose, holt das rote Totenlicht, zündet es an, stellt es zu den Blumen, holt die Totenmaske, stellt sie zu den Blumen und dem Licht, holt eine Zeitung, setzt sich vor die Karosserie, liest.*
*Pause.*

ANNA *traurig, sanft*
Eine stille Liebe,
eine stille Liebe,
du und deine Hedwig.

13.

## FRÜHE VERLOBUNG
Erinnerung einer Alten

ANNA Ich bin ja nicht als Alte auf die Welt gekommen. Ich war auch einmal ein junges Mädchen. Ich bin noch immer ein junges Mädchen. Aber das sieht man mir nicht an. Damals, als ich ein junges Mädchen war und auch so aussah, hatte mein damals noch junger Vater sich ein Auto gekauft, gebraucht und auf Raten, und Geld gespart für einen Urlaub, in den er mit dem neuen gebrauchten Auto hineinfahren wollte, und ich durfte auf den Rücksitz. Ein flacher Plattenbau am Meer. Der Himmel grau, das Meer grau, und dunkel die Gänge des Hotels. Abends schoben sich im gelborangen Bunkerlicht traurige Tanzpaare durch einen Raum, der Lunabar genannt wurde. Der Sänger der Drei-Mann-Live-Kombo schien gelbhäutig in diesem Licht, seine gefärbten schwarzen Haare glänzten inbrünstig und er sang jedes Lied mit gleichmütig breitgezogenem Lächeln, weil es sein Beruf war. Wenn gegen Mittag zwischen all den Reisebussen die kleinen würfelförmigen dunklen Autos ankamen oder abfuhren, flüsterte mein Vater FUNKTIONÄRE, und schaute unauffällig. Warum flüsterst du, fragte ich, ein junges Mädchen damals, und bekam keine Antwort. Mein Vater hatte ein Zimmer nach vorne und konnte nicht schlafen, weil, wie er sagte, das Meer so laut rauschte. DAS MEER RAUSCHT SO LAUT. Ich hingegen sah nach Norden auf einen sandigen Streifen, an den sich ein Kiefernwäldchen anschloss. In der Mitte des Sandstreifens ein in den Boden gerammter Holzpflock, mit einem meterlangen Strick daran, und an dem Strick ein Esel. ESEL AM STRICK, STRICK AM PFLOCK, PFLOCK IM SAND. Der Esel kann im Kreis laufen, und dabei zwischen zwei Richtungen wählen, linksherum oder rechtsherum. Sobald der Esel bemerkte, dass ich ihn beobachtete, brüllte er angsterfüllt mit der sich überschlagenden Stimme eines nach Luft ringenden Pneumatikers. Im Speisesaal wurden wir von schwarzweiß gekleideten Kellnern bedient, deren Kleidung mit der Farbe ihrer Haare einerseits und ihrer Haut andererseits übereinstimmte. Schwarze Hose weißes Hemd, schwarze Haare weiße Haut. Die Gesichtshaut war so weiß, dass ich das Verlangen hatte, sie zu berühren, um zu sehen, ob sich der Talk lösen würde, mit dem sie dicht bestäubt schien. Die Jungen waren kaum älter als ich, sie versammelten sich mit ihren Essenswägelchen vor der Küchenausgabe, besprachen sich gedämpft untereinander, wobei sie schnelle Blicke durch den Saal warfen, bereit, jede ihrer ungelenken, nicht zielgerichteten Bewegungen sofort auf eine Mahnung, etwa des Saalaufsehers hin, zu unterdrücken. DAS MEER LAUSCHT SO RAUH. Wir sahen uns an, und ihre Augen in den weißen Gesichtern waren alt wie meine nie sein würden. Einer von ihnen durchsuchte mich nach einer Frage, seine Augen forschten sehr gründlich, aber wie konnte ich mein Gästegesicht verlieren. Bei jeder Mahlzeit brachten sie mir statt einem zwei Nachtische. Mein Vater lächelte wohlwollend. Ich aber stand in der Dunkelheit vor dem Spiegel am Fenster und wuchs jede Nacht um einige Zentimeter. Schon spannte der Bund meines Rocks um den Bauch und die Bluse war um die Brust kaum weit genug. Am Morgen antwortete ich wahrheitsgemäß auf die Frage meines Vaters, nein, ich könne nicht schlafen, ich hätte schon seit vielen Nächten nicht geschlafen, denn der Esel draußen vor meinem Fenster an dem Holzpflock, der ihn daran hindere, in das Wäldchen zu fliehen, er sei wohl krank, jedenfalls brülle er jede Nacht, und sein Brüllen sei noch lauter als das Rauschen des Meeres. Du wächst, sagte mein Vater, wahrscheinlich schläfst du nicht, weil dir das Wachsen weh tut. SCHMERZEN, DIE VORÜBERGEHEN. Das will ich aber nicht, sagte ich und biss mir auf die Zähne, ich will keine Schmerzen, die vorübergehen. Ich will nicht so werden wie die – und ich flüsterte meinem Vater ins Ohr – FUNKTIONÄRE. Lass uns die Kellner befreien und wegfahren. Gut, sagte mein Vater, zuerst müssen wir dir neue Schuhe kaufen. In dem einzigen Schuhladen des Dorfes standen zehn Schuhe, alle zehn schwarz, alle mit einem halbhohen Absatz, alle vorne rund zulaufend und alle mit einem Riemen über den Rist. Und alle hatten den gleichen Preis. Ich probierte ein Paar an und es passte. Mein Vater beugte sich, um den Spielraum meiner Zehen zu ertasten. Sie gefallen mir nicht, flüsterte ich, FUNKTIONÄRSSCHUHE. Warum flüsterst du, sagte mein Vater, sein Gesicht unter mir ein Hundegesicht. Das habe ich von dir gelernt, flüstere ich. Dreh dich um, ruft er, da –. Ein schwarzweißer Kellner kommt die Straße heruntergelaufen. Es ist der Kellner, der schon so lange auf die richtige Frage wartet. Halt, sagt mein Vater. Wohin. Der Kellner: Mein freier Tag. Mein Vater mustert mich, ich knicke sofort um auf den neuen hohen Schuhen und stürze auf das Pflaster. Der Kellner hebt mich auf, gerade rechtzeitig, bevor mein Rockbund platzen kann, die Lampe hinter meinem Gesicht brennt. Mein Vater nachsichtig, was verdienen Sie denn so, wenn man mal fragen darf. Der Kellner macht Zeichen mit den Fingern, aber mein Vater versteht nicht, woher soll er wissen, wie viele Nullen er dazutun muss. Der Junge lacht, das erste Mal, er schüttelt den Kopf, WAS FÜR EINE FRAGE, und malt mit seinem Finger eine Zahl auf eine staubige Motorhaube am Straßenrand. Mein Vater sieht sich die Zahl genau an, gemeinsam mit dem Kellner über das Auto gebeugt wie über einen Kinderwagen. Und hebt ungläubig den Kopf. Ach, gar keine Nullen. Stumm vor so viel Armut lächelt mein Vater, den Hals schiefgelegt. Der Junge schaut freundlich arglos. Die Hand meines Vaters umschließt einen Geldschein. Wir warten noch ein bisschen. Der Junge lächelt mir zu, sein Blick streift über meinen Rock

nach unten auf die neuen Schuhe. Er hebt die Hand, sie verharrt in der Luft, kurz, bevor er den Schein wegschnappt, meinen Vater ansieht, die Augen schneidend schwarz vor Verachtung, und im Weggehen ruft: Heute Abend gibt es schwarzgeräucherten Schinken und Weißbrot, schwarzen Schinken und Weißbrot. Er ist schon fast verschwunden. Ich rufe ihm hinterher: Aber dafür muss der Esel doch nicht sterben. Keine Antwort. Und was machen wir jetzt, schreie ich. Und was machen wir jetzt. Schweigen. Geh ihm nach, sagt mein Vater. Tu, was er dir sagt.
*Pause.*
Das habe ich immer getan.

14.

*Auftritt Xana. Sie putzt.*

ANNA Ob sie noch atmet.
MARTHA Natürlich atmet sie noch.
Xana, überprüfen Sie das.

*Xana, ängstlich, zögert. Martha winkt sie in Richtung der Truhe.*

MARTHA Ja ja.
*Xana horcht.*
Und, hören Sie etwas.
XANA *nickt.*
*Pause.*
Sie atmet noch.
ANNA Sie atmet noch.
Gott sei Dank.
MARTHA Wenn sie tot wär.
Wenn sie nur endlich tot wär.
Dann wären wir frei.
Dann könnten wir gehen.
ANNA Dann, wenn die Frau tot ist,
werden wir liquidiert werden.
Dann, wenn die Frau tot ist,
gehören wir zur Konkursmasse.
Oder.
Vielleicht werden wir saniert.
Vielleicht geben sie uns noch
ein paar Jahre.
Vielleicht haben wir noch
eine Geschichte.
*Pause. Lacht lautlos.*
Dann, wenn die Frau tot ist,

haben wir keinen Feind mehr
außer uns selbst,
die Dinosaurier des dritten Sektors.
*Lacht lautlos.*
*Schweigen.*
XANA Drüben in der Abfüllhalle
regnet es durchs Dach.
*Ab.*

15.

*Die zwei Augen sind von dem verkohlten Sohn-Foto übriggeblieben. Sie hängen, größer als zuvor, über der Truhe. Meier Ludwig, dargestellt von seinem Hund, sitzt in der Karosserie, ohne Plane, und schnitzt an einem zweiten Holzstück.*

ANNA Die Zeit vergeht.
Was jetzt,
was jetzt.
Erst bestellt sie einen hierher,
und dann lässt sie mich warten,
stundenlang.
*Pause.*
Stundenlang.
Erst lässt sie mich abholen
und hierherfahren,
und schnell genug kann es nicht gehen,
es pressiert, es pressiert,
und dann lässt sie mich warten.
Immer dasselbe.
Ich bin auch nur die Näherin,
mit der Näherin kann man das machen.

*Pause.*

MARTHA Sie ist so geizig,
diese Frau ist so geizig,
dass sie ihrem Sohn früher
eigenhändig die Wurstzipfel
auf das Schulbrot gelegt hat,
die Wurstzipfel,
die für die Katze bestimmt waren.
Gnädige Frau,
habe ich zu ihr gesagt,

Sie können doch Ihrem eigenen Sohn
nicht die Katzenzipfel aufs Brot legen.
Martha,
hat sie gesagt,
die Wurstenden sind nicht schlechter
als der Rest der Wurst,
sie sind sogar besser,
würziger, kerniger und gesünder für die Zähne,
genau wie ein Brotkanten
doch das Beste von einem Brot ist
und am meisten geschätzt wird.
Warum essen Sie sie dann nicht selber,
habe ich zu ihr gesagt,
Ihre Wurstzipfel.
Da hat sie sich wütend abgewandt
und wollte aus der Küche hinausgehen,
aber dann hat sie sich in der Tür umgedreht,
Martha,
hat sie gesagt,
triumphierend,
Martha,
ich verzichte eben gerne für meine Kinder.
*Schweigen.*
Aber ich weiß,
dass Sie das nicht verstehen können,
liebe Martha,
weil Sie ja keine Kinder haben.
Deswegen bin ich Ihnen auch nicht böse.
*Pause.*
Ich verzeihe Ihnen.
*Pause.*
Ich verzeihe Ihnen.

*Schweigen. Martha weint leise. Anna sieht ihr eine Weile zu.*

ANNA *sanft*
Natürlich hast du keine Kinder,
meine liebe Martha.
Du hast es ja auch mit ihrem Mann getrieben,
jahrzehntelang.
Da hätte dich so ein Balg
ganz schön in die Bredullie gebracht.
Arme Martha.
Und die Frau hätte endlich den Beweis gehabt,
den handfesten,
den sie so lang gesucht hat.
MARTHA *weint*
Dabei hab ich ihn gar nicht geliebt.
Ich schwör dir, Nani,
ich hab ihn überhaupt nie geliebt.
Höchstens mein Geschlecht hat ihn geliebt,
ich nicht.
ANNA Ich weiß, Martha.
Dein Herz hing immer
an dem Meier,
der Teufel weiß warum,
diesem Bankert,
nur leider hat der kein Geld.
MARTHA Kein Geld, aber eine Frau.
ANNA Er ist eben eine treue Seele,
anders als du.
MARTHA Eine blutspuckende Epileptikerin,
dreißig Jahre lang,
dreißig Jahre lang sich vollspeiben lassen,
den Schleim und das Blut aufwischen,
und füttern die letzten Jahre,
täglich mehrmals füttern,
so verkrümmt waren ihre Glieder.
ANNA Ein schönes Leben hat er

allerdings nicht gehabt
mit der Hedwig.
MARTHA Wie sie gestorben ist,
hab ich sogar ein bisschen gehofft.
Aber er hat mir nicht das geringste Zeichen gegeben.
Wie kann man nur so anhänglich sein
an eine Kranke,
sogar nach ihrem Tod.
Was hat er denn davon.
ANNA Wenn du dich auch auf ihn
versteifen musst.
MARTHA Was kann ich dafür,
dass er verheiratet war.
Immer diese Verheirateten.
ANNA Wahrscheinlich wäre er
ein liebenswürdiger Mensch
ohne seinen Hund.
MARTHA Der Hundsfott der feige,
ein Schleimer ein Kriecher ein Opportunist -
ANNA Er ist kein Schofför. Nicht mal ein Laufbursche.
Er ist ein Ding. Ein Putzlappen. Ein Fußabtreter.
Ein Loch. Ein Mülleimer. Eine Klärgrube.
*Pause.*
Ein stinkender Fäkaliensack.
MARTHA Na hallo hallo –
ANNA Wie der junge Bierbaum
ein kleiner Junge war, so fünf ungefähr,
hat er einmal aus Versehen seinen Plüschbär
das Klo hinuntergespült.
Und was passiert.
Meier, sagt die Frau da,
Meier, Sie fahren sofort zur Klärgrube,
Sie werden sich Zugang zum Klärschlammbecken
verschaffen,

und eigenhändig den Klärschlamm durchpflügen,
bis Sie den Bären gefunden haben.
Meinetwegen tragen Sie Gummihandschuhe.
Aber kommen Sie mir bloß nicht
ohne den Bären wieder.
Und das hat er gemacht.
Er hat immer gemacht, was ihm gesagt wurde.
Und sogar noch mehr.
MARTHA Hör auf.
ANNA Nachdem er den zottelverklebten kotkrustigen Bären
aus der Klärschlammgrube herausgefischt hatte,
nahm er ihn mit zu sich nach Hause,
um ihn dort in die Waschmaschine zu stecken,
dreimal, ein dreimaliges WaschenSpülen war nötig,
um den Klärgrubenbären als denjenigen wiederzuerkennen,
der er einmal gewesen war.
Und als Hedwig, seine Frau,
aus dem angrenzenden Schlafzimmer fragte,
mit ihrer schwachen Kissenstimme,
Ludwig, was riecht denn da so,
da geht er zu ihr
und gibt ihr einfach ein bisschen Morphium,
einfach ein bisschen Morphium,
damit sie wieder einschläft,
und sich keine Sorgen macht
um den Spielzeugzustand
der Frau Bierbaum.

*Stille.*

MARTHA Manche Geschichten
erfindest du einfach, Nani,
aus reiner Gehässigkeit,
nur um mir Stiche ins Fleisch zu geben.

ANNA Die reine Wahrheit,
das weißt du genau.
Aber wenn es um eine bestimmte Person geht,
hängst du ja gewissenhaft einen Weichzeichner
vor deine Erinnerungslinse.
MARTHA Der Meier hat den Bären nur gewaschen,
um mir diese stinkende Arbeit zu ersparen,
denn wer hätte sie machen müssen hier,
eben, es war eine gutmütige, freundschaftliche,
ja sogar aufopfernde –
Geste,
um nicht zu sagen,
ein Liebesdienst.
ANNA Weisst du, wenn ich dir zuhöre,
wird mir wirklich speiübel.
*Pause.*
Wo ist er denn,
dein Ludwig,
wo ist er denn –
*Pause.*
Er hat dir noch nicht einmal Blumen geschickt,
in all den Jahren seit sie tot ist,
nicht einmal Blumen –
MARTHA Halt
deine verlogene Schnauze,
Anna –
Du bist doch nur neidisch,
weil es in meinem Leben
noch eine Hoffnung gibt,
die du als Witwe schon längst
begraben hast
ANNA *lacht* Wovon redest du bloß,
du irre Verblendete.
*Lacht.*

Hoffnung.
Was hoffst du denn,
dass der Meier dich vögelt,
mit seinem Spazierstock, mit dem Schuhlöffel,
mit einem selber gezogenen Rettich,
was anderes ist ja kaum vorstellbar
bei diesem Gichtklumpen.

MARTHA Du willst einfach jeden vernichten,
der noch ein freundliches Lebewesen
in seiner Umgebung hat,
aber das geht nicht, das geht nicht.
*Zeigt auf die Sohn-Augen.*
Und ich will deine tote Zukunft
nicht in meiner Küche hängen haben.

ANNA Ich lasse sein Bild noch größer machen
und von der Wand heruntergrüßen,
von ganz ganz oben.

MARTHA Ich will dieses Totengesicht
nicht sehen.

ANNA Mein Sohn bleibt hängen.

*Pause.*

MARTHA Dein Mann hat sich eingesetzt,
den Betrieb kollektivieren,
na ja, schön und gut,
er hatte immerhin eine Idee.
Aber der –
*Zeigt auf die Augen.*
*Pause.*
Ein vollkommen sinnloses,
durch und durch verpfuschtes Leben.
Saufen, Huren, Schulden,
und dabei immer ein Großmaul,

wie du.
Wenn dein Mann euer Geld nicht
versoffen hätte,
dein Sohn hätte es verspielt,
wie sein Vater
ein Suchtcharakter,
dessen Leben keinen Sinn hatte,
und er zum Leben keinen Grund.
Er hatte zum Leben keinen Grund,
er hatte nicht mal zum Sterben einen Grund.
*Pause.*
Und dann, aus heiterem blankem Himmel
kommt sie und schlägt zu,
die Gerechtigkeit,
nicht wahr, Nani.
*Pause. Lacht.*
Er fühlt sich so komisch,
zwei Tage vor seinem 30. Geburtstag,
fühlt er sich so komisch und geht zum Arzt.
*Pause. Lacht.*
Er sitzt im Wartezimmer,
kippt vom Stuhl und ist tot.
*Lacht.*
Kippt vom Stuhl und ist tot.
*Lacht.*
Kippt vom Stuhl. Tot.
*Verschluckt sich fast.*
Tot.
*Lacht.*
Tot tot.
Kippt vom Stuhl und ist tot.
Tot tot tot tot.
Zwei Tage vor seinem 30. Geburtstag.
*Lacht.*

Was passiert.
Geht zum Arzt, fällt um und ist tot.
*Lacht.*
Geht zum Arzt, fällt um und ist tot.
*Lacht lautlos. Leise.*
Tooot.
*Lacht.*
Fällt vom Stuhl und ist tot.
*Hält abrupt inne.*
*Steht auf.*
*Pause.*
Aber wissen Sie, Martha,
ich verzeihe Ihnen.
Sie können diesen Schmerz nicht verstehen,
Sie haben ja keine Kinder.
*Pause.*
*Lacht.*
Zwei Tage vor seinem 30. Geburtstag.
Geht zum Arzt, fällt vom Stuhl und ist tot.
*Lacht ein letztes Mal.*
*Atmet auf.*

*Anna beginnt auf Martha einzuschlagen, die kann sich wegen ihrer kaputten Hüfte schlecht wehren geschweige fliehen. Anna hört erst auf, als Martha am Boden liegt und sich nicht mehr viel rührt.*

## 16.
## Geschichtslifting II

*Meier Ludwig, dargestellt von seinem Hund, kommt unter der Karosserie hervor, zündet sich eine Zigarette an, geht zur Truhe. Er steht eine Weile davor, raucht. Gibt der Truhe einen Tritt. Sie brummt weiter. Noch ein Tritt. Sie fängt an zu stottern. Er wartet noch eine Weile. Die Truhe stottert. Er will weggehen, wagt aber nicht, der Truhe den Rücken zu kehren. Tut es schließlich doch. Sie brummt. Er kommt zurück, wartet. Gibt ihr einen Tritt. Sie brummt weiter. Er holt das Holzbrett aus der Karosserie, überlegt sich, damit zuzuschlagen, holt aus, überlegt es sich anders. Die Truhe lässt sich nicht mehr stören.*

MEIER LUDWIG, *dargestellt von seinem Hund*

Ich habe das Gesicht meiner Geliebten
vergessen.
So lange.
Seit so langer Zeit bin ich bei der Herrschaft,
dass ihr Gesicht das Gesicht meiner Geliebten ist.
Dann wache ich auf mit dem Wunsch,
die Herrschaft
zu töten im Schlaf.
Ich stehe an ihrem Bett
und reiße ihr die Haut vom Gesicht,
mit meinen Nägeln meinen Zähnen meinem Messer,
um darunter das vertraute meiner Geliebten
wiederzufinden.
Aber die Haut wächst immer wieder nach;
kaum schärfe ich das Messer,
um die blutige Arbeit noch einmal zu verrichten,
kaum erkenne ich die Augen meiner Geliebten wieder,
schließen sich schon von oben die fremden Lider.
Die Herrschaft sieht mich an mit ihrem Totengesicht

und lächelt im Schlaf.
Rosig und unzerstörbar
verletzlich.

*Er geht zur Karosserie, räumt Blumen, Licht und Maske hinein, bedeckt sie mit der Plane, verschwindet in ihr.*

17.

*Martha mit Verbänden um den Kopf und am Körper. Apathisch. Von dem Sohn-Bild ist nur mehr ein einziges Auge übriggeblieben, dieses aber noch größer als vorher. Es hängt immer noch an der Wand, höher als vorher.*
*Schweigen.*

ANNA Das Geringste
traue ich mir nicht zu.
Jahrzehntelang habe ich ausgehalten,
was der Herr und die Frau
über mich erzählt haben,
und jetzt bin ich zutrauenslos geworden.
*Pause.*
*Spricht zum Auge.*
Ihre Sparsamkeit geht sogar so weit,
dass sie mich die Bindfadenreste,
die ich zum Heften verwende,
und die ich nach dem Nähen herausgezogen
und auf einen Haufen gelegt habe
zum Wegwerfen,
dass sie mich die Bindfadenreste
wiederverwenden lässt.
Sie lässt mich den ganzen Haufen Fäden
auseinanderzupfen
und wiederaufrollen.
Das geht doch nicht,
sage ich,
das ist ein verwickeltes Knäuel
aus gebrauchten, zerfaserten, zerdröselten und verknoteten Bindfadenresten.
Da sitze ich Stunden,
ich sitze die ganze Nacht bis morgen früh,

wenn ich sie auseinanderfieseln soll,
meine Augen brennen schon.
Zum Heften sind sie noch gut genug,
hat sie gesagt,
zum Heften sind sie sogar gerade richtig,
zum Heften verwendet man sowieso keinen frischen Bindfaden,
nicht in diesem Haushalt,
das ist Verschwendung.
Wickeln Sie sie nur wieder ordentlich auf,
der Länge nach sortiert,
Frau Anna,
wir haben nichts zum Wegwerfen.
*Schweigen. Verzweifelt.*
Ich habe die Schneiderschere
schon in der Hand gehalten,
so,
wie sie mir den Rücken kehrte –
*Sie macht es vor, lässt die Hand wieder sinken.*
Aber ich habe
nicht die Schneid gehabt.
Die Schneid hat mir immer gefehlt.
*Pause.*
Und das hat sie gewusst.
Das hat sie genau gewusst,
die Frau.

*Schweigen.*

ANNA Einen Strick,
einen Strick aus Bindfäden,
und sie erwürgen.

*Schweigen. Martha röchelt vor sich hin.*

ANNA Was willst du.
Krummbeinige Simulantin.
MARTHA Mitgefühl,
Mitgefühl und eine Krankenkost.
ANNA Zahnlückiger Bankert, zahnlückiger.
Die Mundfäule soll dich holen,
das Gebiss wird regelmäßig verlegt,
und statt zu kauen, sabberst du dich ein,
und der Speichel schlenzt dir aus dem Maul
wie dem Meier seinem Hund.
MARTHA Wenn du so pulverst,
kriegst du ganz dünne Lippen,
meine liebe Nani,
ganz dünne Lippen.

*Schweigen.*
*Auftritt Xana mit einem Paket, sehr zögernd.*

XANA *zu Martha*
Paket für Sie.
MARTHA Ich habe nichts bestellt.
XANA Steht drauf.
Ihr Name.
MARTHA Eine tragische Verwechslung.
Ich habe in meinem Leben
noch kein Paket bekommen,
außer vom Versandhaus.
XANA Steht drauf.
MARTHA *liest die Aufschrift auf dem Paket*
Unglaublich.
Ein Paket.
Für mich.
*Pause.*
Ohne Absender.

*Martha humpelt zur Tiefkühltruhe, macht den Deckel auf.*

MARTHA Ausnahme.
*Sie holt eine Flasche Wodka heraus.*

*Sie trinken. Sehen das Paket erwartungsvoll an. Trinken nochmal.*

MARTHA Also jetzt.
*Pause.*
Trinken wir noch einen.

*Sie trinken.*

MARTHA Also jetzt.

*Sie öffnet das Paket. Zum Vorschein kommt ein ziemlich erbärmlicher Blumentopf. Aber immerhin. Dran ein Zettel.*

MARTHA *liest* Für Martha.
Zuneigungsvoll,
Meier Ludwig.

*Schweigen.*

MARTHA Zuneigungsvoll,
Meier Ludwig.
ANNA Martha.
Ich finde, du solltest den Meier
mal einladen.
Lächle ihn doch mal herein.
Zu einer Tasse Kaffee.
MARTHA Phhh.
ANNA Marthalein,
damit vergibst du dir doch nichts.
Du stures dummes Schrapnell.

*Martha weint leise.*

ANNA Heult, weil sie Blumen kriegt.
So angegriffen
muss man erst mal sein.
MARTHA Ach Nani,
ich weiß doch,
dass der Topf von dir ist.
*Weint.*
Aber trotzdem freut es mich.

*Schweigen.*

MARTHA *zu Xana* Was machen Sie hier den Basedow,
Sie Putzlumpen.
Holen Sie eine Gießkanne.

*Xana geht.*
*Pause.*

MARTHA Weißt du,
der Meier ist schon so alt.
Und auch der Hund ist alt
und stinkt aus dem Maul,
wenn er es aufreißt
zum Gähnen.
ANNA Vielleicht hat er Darmkrebs.
Da riecht man die Fäulnis
bis nach draußen.
MARTHA Wenn der Meier so einen
Mundgeruch hat wie sein Hund,
möcht ich ihn nicht küssen.
Außerdem, dieser Mann ist ein einziges Ersatzteillager,
Zahnprothese Brille Toupet

Bypass künstliche Niere,
man weiß ja nicht, wo der Mensch aufhört
und das Plastik anfängt.
Wir hingegen, wo wir uns doch niemals
gehen lassen –
ANNA Findest du nicht, dass du
einen ziemlichen Dünkel hätschelst,
du siehst auch nicht gerade aus
wie Sophia Loren.

*Schweigen.*

MARTHA *müde*
Er will ja nicht, Nani.
Er will nicht.
Jedesmal horche ich auf das Auto
und passe ihn ab.
Er geht mir aus dem Weg.
*Pause. Weint.*
Er liebt mich nicht.
Er liebt mich nicht.
*Pause.*
Er verachtet mich.
Wie mich alle verachten.
Immer verachtet haben.
ANNA Ist ja gut, Martha.
*Schweigen.*
Vierzig Jahre lang den gleichen Mann zu lieben –
MARTHA Sechsundvierzig.
ANNA Sechsundvierzig Jahre lang,
na ja,
das ist schließlich auch nicht normal.

*Pause.*

MARTHA Wo hätte ich denn hin sollen.
ANNA Du hast dich immer schön aufgeteilt,
hier die Seele
und da das Fleisch.

*Auftritt Xana mit der Gießkanne. Sie gießt die Topfpflanze.*

MARTHA Die Xana hat heute wieder
eine unmögliche Frisur.
Xana kommen Sie einmal her
und lassen Sie sich anschauen.
Eine Frisur, als ob die Motten hineingekommen wären,
die Motten haben unübersehbar schon das meiste zerfressen
in Ihren Haaren,
Ihre Frisur ist eine einzige Mottenbruthöhle,
eine Parasitenoase,
bürsten Sie sich einmal ordentlich,
ordentlich, sage ich,
damit diese Insekten zum Vorschein kommen
und hinausgestaubt werden
und beim ersten Sonnenlichtanblick
zerfallen, durchsichtige gelbe Schuppenteilchen.
Schauen Sie sich denn nie im Spiegel an,
und schämen Sie sich dann nicht vor sich selber,
so herumzulaufen.
Ich mag Sie ja gar nicht zum Einkaufen schicken.
die Leute auf der Straße drehen sich um,
so heruntergekommen wie Sie ausschauen,
und an wem bleibt es hängen,
an wem frage ich,
an mir natürlich letzten Endes,
selbstverständlich an mir.
Aber ich wundere mich nicht,
da wo Sie herkommen, geht es schließlich alltäglich so zu,

wie an Ihren Landsleuten klar zu sehen ist,
die sich hier herumtreiben,
eine lebende Straßenbildverschandelung.
*Pause.*
Lassen Sie sich wenigstens von der Frau Anna
ihre Kleider zurechtflicken ordentlich,
da wo Sie herkommen,
sind alle nichts,
sie sind nichts und sie werden es nie zu etwas bringen,
weil sie zu faul sind,
sich ihre abgerissenen Knöpfe selber anzunähen,
die Schlampigkeit gilt dort ja als Tugend,
dort, wo Sie herkommen,
sind alle Sklaven,
ein ganzes Volk aus Dienstboten und Analphabeten,
dort, wo Sie herkommen,
sind alle wie wir,
wie die Frau Anna und ich –
aber Sie brauchen nicht denken,
dass Sie sich deswegen etwas herausnehmen dürfen.

18.

*Xana, Anna und Martha. Schweigen. Xana bewegt den Mund, Anna und Martha versuchen herauszufinden, was sie sagen will.*

ANNA Ich kann nicht reden.

*Pause.*

MARTHA Das Reden fällt mir
  unendlich schwer.
ANNA Das macht mir Spaß,
  die Demütige spielen,
  die Dankbare, die Unterwürfige.
MARTHA Das macht mir Spaß,
  so eine jahrelange Selbstpeinigung.
ANNA Ich mache das schweigend.
MARTHA Ich mache alles schweigend,
  zum Putzen braucht man schließlich keinen Mund.
ANNA Ich bin eine glückliche Putzfrau.
MARTHA Ich bin die glücklichste Putzfrau
  im süddeutschen Raum.

*Schweigen.*

XANA Ich bin eine glückliche Putzfrau.
ANNA Das kommt vor.
XANA Ich bin die glücklichste Putzfrau
  in ganz Deutschland.
MARTHA Nun übertreiben Sie mal nicht.
XANA Ich fühle mich im Grunde
  selbst schon als Deutsche.
  Ich brauche gar keinen deutschen Pass.
  Ich pfeife auf staatliche Anerkennung

sowohl meiner Person
als auch meiner Arbeit.

ANNA Martha, ein Zusammenbruch.

XANA Ich rede nur, wenn ich gefragt werde.
Wenn ich nicht gefragt werde,
halte ich logisch den Mund.
Ich kann auch mit mir selber
geistreiche Gespräche führen.
Ich bin eine Monade
und brauche keine Fenster.

MARTHA Jetzt ist es soweit.
Putzfrauenparanoia.

XANA Ich träume auf deutsch.
Das kann ich allerdings nicht beweisen.
Denn ich rede auch im Schlaf
nicht.

*Schweigen. Anna und Martha warten, was passiert.*

XANA *deutet auf die Truhe*
Sie hört auf zu atmen.
Ich höre es.
Ich höre es.

*Schweigen.*

*Meier Ludwig, dargestellt von seinem Hund, taucht unter der Plane auf. Er zündet sich eine Zigarette an, legt die Plane sorgfältig zusammen, geht zur Truhe. Er steht eine Weile vor der Truhe, raucht, angstvoll beobachtet von Anna, Martha und Xana, die aber nicht einzugreifen wagen. Er gibt der Truhe einen Tritt. Sie brummt weiter. Noch ein Tritt. Nichts passiert. Noch ein Tritt. Sie fängt an zu stottern. Er wartet. Sie stottert. Er ist unschlüssig, was tun. Er will ihr nicht den Rücken zukehren, tut es schließlich doch. Die Truhe schweigt.*

*Schweigen.*

ANNA *ungläubig* Wir werden für sie atmen,
sie kann ruhig mit dem Atmen aufhören.
Sie kann in aller Ruhe mit dem Atmen aufhören.
Wir werden für sie atmen,
wir werden uns liften lassen,
wir werden Hormocenta essen
und Merz Spezial Dragees,
und werden die ihr zugedachte Luft
einatmen und ausatmen.
Wir werden mit ihrem Golfschläger
auf das Green fahren
und alle Bälle, gleich wieviele,
gnadenlos einputten.
MARTHA Wir müssen nachsehen.

*Sie rühren sich aber nicht.*
*Meier Ludwig, dargestellt von seinem Hund, geht zur Truhe, wartet. Gibt ihr einen Tritt. Sie schweigt. Noch ein Tritt. Nichts passiert. Noch ein Tritt. Sie schweigt weiter. Er zuckt die Schultern, geht zur Karosserie, setzt sich davor, schnitzt an seinem Holzstück.*
*Anna, Martha und Xana gehen zur Tiefkühltruhe und horchen.*

MARTHA *zu Xana* Hören Sie was.
Hören Sie was.

*Xana schüttelt den Kopf.*

ANNA Tot.

MARTHA Tot.
XANA Die vorletzte Arbeit,
selbständig werden.
Die letzte Arbeit,
überflüssig sein.

19.
Letzter Auftritt
Sterntaler III

XANA Es war einmal ein armes Mädchen dritter Teil. Obwohl es nichts besaß außer den Kleidern auf seinem Leib, hatte das arme Mädchen diese schon viele Male verschneckt. Genau genommen so viele Male, dass es selber nicht hätte sagen können, wie oft. Manchmal bekam das arme Mädchen ein warmes Zimmer dafür, manchmal Essen und Trinken, manchmal einen Geldschein, und wenn es Glück hatte, ein bisschen Rauschgift. Als das arme Mädchen aber merkte, dass es durch Kleiderverschnecken weder reich noch glücklich und auch nicht angesehen werden würde, wurde es sehr traurig. Da erinnerte es sich daran, dass es vor langer langer Zeit einmal ein Gottvertrauen besessen hatte. Das arme Mädchen suchte und suchte und suchte, und tatsächlich fand es in seiner Hosentasche noch ein winziges Stückchen Silberfolie, und wie es die Silberfolie aufwickelt, glänzt ihm daraus der letzte klitzekleine Krümel Gottvertrauen entgegen. Gleich nimmt es den Rest in seine beiden Hände und sagt IRGENDWAS IST SCHIEFGELAUFEN. MEIN LEBEN IST VERPFUSCHT. ICH HABE IMMER ALLES VERSCHNECKT, WAS ICH BESAß, ABER DER HIMMEL BLEIBT VERSCHLOSSEN UND DIE GOLDTALER PRASSELN IN EINE ANDERE SCHÜRZE. WAS SOLL ICH TUN. Da sprach die Stimme des Gottvertrauens zu dem Mädchen UM REICH UND GLÜCKLICH ZU WERDEN, MUSST DU ALLES HERGEBEN, WAS DU BESITZT. Das Mädchen sagt ABER ICH BESITZE NICHTS MEHR. Da antwortet die Stimme des Gottvertrauens DAS WERTVOLLSTE, WAS DIR GEHÖRT, HAST DU NOCH NICHT HERGEGEBEN. DEIN LEBEN.
Als das Mädchen diese Worte hörte, wurde ihm ganz warm ums Herz. So einfach war das. Es erinnerte sich daran, wie oft ihm schon so zumute gewesen war, als müsse es gleich sterben – oft, wenn es seine Kleider verschneckt hatte –, und dass

dies gar kein schlechtes Gefühl gewesen war, im Gegenteil.
Da hatte das arme Mädchen keine Angst mehr.
WENN ICH DENN STERBEN MUSS, UM REICH UND GLÜCKLICH ZU WERDEN, SO SOLL ES GLEICH GESCHEHEN.
Und das Mädchen nahm ein Messer und schnitt sich damit die Kehle durch.

*Xana tut es. Sie verblutet langsam.*

20.

ANNA Tot.
MARTHA Tot.
Kein Zweifel.
ANNA Dann bleibt uns jetzt nur noch
zu warten.

*Sie setzen sich und warten, während sich um die Truhe herum allmählich eine Wasserlache bildet. Meier Ludwig, dargestellt von seinem Hund, sitzt und schnitzt. Es beginnt durchs Dach zu tropfen.*

ANNA Was glaubst du,
wird passieren.
Wer glaubst du,
kommt.

*Schweigen.*

ANNA Kommt überhaupt einer.
*Pause.*
Haben wir noch eine Geschichte.
Was werden sie mit uns tun,
Martha.
*Pause.*
Wenn uns niemand findet.
*Pause.*
MARTHA Gehen wir weg.
Wir gehen weg.
Wir räumen das Haus aus,
den Safe, die Geldkassetten, die Barreserven,
wir nehmen uns, was uns zusteht,
und jahrelang vorenthalten wurde.

ANNA Mit dem Geld fahren wir weit weg -
MARTHA Und Xana nehmen wir mit;
wir fahren mit ihr an die Riviera,
dort gibt es wunderbare Villen am Meer,
die alle leerstehen
und auf uns gewartet haben.
Das wird fürstlich.
ANNA Die französische oder italienische
Riviera.
MARTHA Scheißegal.
Das entscheiden wir spontan
unterwegs.
*Ruft.*
Xana,
bringen Sie doch mal Ihren Leuchtglobus.
ANNA Kannst du französisch, nein.
Und nach Italien können wir
auch nicht.
Oder kannst du italienisch,
du kannst ja nicht mal Latein.
MARTHA Ich lasse mich heute nicht provozieren,
meine liebe Anna.
An so einem Tag nicht.

*Schweigen. Martha stellt den Blumentopf auf die Truhe, dass es aussieht wie ein Grab.*

ANNA Weißt du noch, wie sie Karten schickten,
sie verreisten ja alle naselang.
Eine Zeitlang hatte ich eine Postkartensammlung,
Ischia Elba Korsika
waren sehr beliebt,
später Fernreisen.

MARTHA Wenn man in die Fremde fährt,
dann nicht, um wieder zurückzukommen,
sondern, um in der Fremde fremd zu sein.
*Pause.*
Die Fremde macht einen neuen Menschen aus einem.
Ich bin mein Lebtag nicht
in der Fremde gewesen.
Wer weiß, was aus mir geworden wäre
in der Fremde.
Niemand weiß es,
auch ich nicht.

*Schweigen.*

ANNA Wer würde dich in der Fremde
herumschieben wollen,
mit deinem sperrigen Rollstuhl.
Ich nicht.
Erlaufen könntest du dir die Fremde nicht.
*Pause.*
Ich für mein Teil,
ich möchte nicht verreisen.
Ich hasse Autofahren,
mit diesem nassen stinkenden Hund,
der mir von hinten seine Zunge ins Ohr hängt.
Alles Verreisen ist mir ein Greuel.
MARTHA Was willst du denn anfangen,
mit deiner Freiheit, mit deiner gewonnenen Zeit,
worauf wir so viele Jahre unerbittlich
hingearbeitet haben,
du trostloser Jammerlappen.
ANNA Ich,
ich werde meine Brille auf den Boden werfen.
*Pause.*

Und dann werde ich dich bitten,
dass du mit deinem Rollstuhl
drüber fährst, aber langsam.
Knirschen und splittern soll es,
die Scherben will ich sehen,
die Spinnwebgläser.
Ganz genau und deutlich werde ich sie sehen:
mit der mir frisch ins Auge hineinoperierten Linse,
Lasertechnologie, neueste,
für mich, für Anna das Kassengestell,
die Hornbrillenschreckschraube,
den räudigen Maulwurf,
die Krötenfresse.
Ich werde nie mehr eine Brille tragen, nie mehr,
ich werde eine dermaßen Scharfsichtige sein,
eine dermaßen Scharfsichtige.

*Pause.*

MARTHA Die Blaue Grotte der Ätna schwarze Sandstrände,
unerreichbar.

*Schweigen.*

ANNA Und jetzt.
MARTHA Wir warten,
bis es dunkel ist.
Dann machen wir die Tür
von außen zu.
Wir sperren nicht ab,
und das Licht,
das Licht
lassen wir brennen.

21.

*Es wird langsam dunkel. Um die beiden hat sich ein großer See aus Tauwasser gebildet. Es regnet durch die Decke. Der Chauffeur Meier Ludwig, dargestellt von seinem Hund, dreht die Auto-Karosserie auf den Rücken und steigt hinein. Er befestigt die zwei Holzlatten als Ruder und probiert das Rudern aus. Wenn das Wasser höher steigt, wird er die Überfahrt machen. Vielleicht nimmt er Anna und Martha mit. Vielleicht auch die tote Xana. Er steigt aus, packt die Konservendose, die Blumen, das Licht und die Totenmaske sorgfältig in den Karosseriekahn. Dann geht er nach vorne und entledigt sich seiner Hundemaske. So steht er da, der Mann mit dem abgeschlagenen Rückgrat, ein nackter Hund.*

HUND Bitte
einen Honigkuchen.

* * *

Dea Loher
geboren 1964 in Traunstein. Studium der Germanistik und Philosophie in München. Lebt in Berlin.

Theaterstücke: *Olgas Raum*, Uraufführung: Ernst-Deutsch-Theater, Hamburg 1992; *Tätowierung*, U: Ensemble am Südstern, Berlin 1992; *Leviathan*, U: Staatstheater Hannover 1993; *Fremdes Haus*, U: Staatstheater Hannover 1995; *Blaubart – Hoffnung der Frauen*, U: Bayerisches Staatsschauspiel, München 1997; *Adam Geist*, U: Staatstheater Hannover 1998; *Manhattan Medea*, U: steirischer herbst/Mecklenburgisches Staatstheater Schwerin 1999; *Klaras Verhältnisse*, U: Burgtheater Wien 2000; *Der dritte Sektor*, U: Thalia Theater Hamburg 2001; *Magazin des Glücks*, U: Thalia Theater Hamburg 2001/2002; *Unschuld*, U: Thalia Theater Hamburg 2003; *Das Leben auf der Praça Roosevelt*, U: Thalia Theater Hamburg 2004; *Land ohne Worte*, U: Münchner Kammerspiele 2007; *Das letzte Feuer*, U: Thalia Theater Hamburg 2008.

Preise und Auszeichnungen: Dramatikerpreis der Hamburger Volksbühne 1990 für *Olgas Raum*; Preis der Frankfurter Autorenstiftung 1993; Fördergabe des Schiller-Gedächtnis-Preises von Baden-Württemberg 1995; Jakob Michael Reinhold Lenz-Preis der Stadt Jena 1997 für *Adam Geist*; Gerrit Engelke-Preis der Stadt Hannover 1997; Mülheimer Dramatikerpreis 1998 für *Adam Geist*, Else Lasker-Schüler-Dramatikerpreis 2005; Bertolt Brecht-Preis 2006; Mülheimer Dramatikerpreis 2008 für *Das letzte Feuer*; Berliner Literaturpreis 2009; Marieluise Fleißer-Preis 2009.